死亡フラグを回避すると、
毎回エッチする羽目になるのは
どうしてでしょうか？

目次

死亡フラグを回避すると、
毎回エッチする羽目になるのは
どうしてでしょうか？

プロローグ

「藤野《ふじの》……さん？」

シャワーを浴びていた荻原恭介《おぎわらきょうすけ》は、浴室のドアノブが回った気がして振り向いた。そして言葉を失う。

「荻原課長……今晩は、帰っちゃやダメです……」

そこに立っていたのは、この部屋の主で彼の部下の藤野亜耶《あや》だ。

彼女は先ほどまで着ていたジャケットを脱ぎ、カッターシャツに落ち着いた色のタイトスカート姿である。

恭介は今日、打ち上げで珍しく飲みすぎた亜耶を彼女のアパートまで送ってきた。そして、部屋の前で酔った彼女を庇《かば》って転び、頭から泥だらけになったため、彼女のすすめでシャワーを借りていたのだが――

「あの……藤野さん？」

自分はシャワーを浴びているから当然、全裸だ。驚く恭介に対して、亜耶は躊躇《ためら》うことなく浴室に足を踏み入れた。

「今帰ったらダメなんです。課長、今夜はここにいてください」

今日はお互い、それなりに酒が入っている。

だが今の彼女の様子を見た限り、この行動は酔っているからというわけではなさそうだ。

違和感を覚えた恭介は、じりと一歩浴室の奥に後ずさる。

シャワーをまだ止めていなかったため、温かい湯が恭介に降り注いだ。亜耶は服を着たまま、歩を進める。

「まだ大丈夫、フラグは緑だから。……だから帰っちゃダメ」

「フラグ？　フラグって……？」

「緑だから折れます。赤になったらダメだから。……大丈夫、私に任せてください」

「藤野さん？　落ち着いて。まずはここを出て……」

恭介はとにかく彼女を浴室の外に出そうとするが、亜耶は意味のとおらない独り言を呟《つぶや》きながら奥に押しやるように彼の裸の胸に手を押し当てた。

彼女にもシャワーは降り注ぎ、あっという間にカッターシャツを濡らす。白い清楚《せいそ》なシャツは湯に濡れて透《す》け、愛らしい淡いピンクのブラジャーを浮き立たせていた。

濡れたシャツが肌に張り付くと、彼女の胸がかなり豊かなことが見て取れる。華奢《きゃしゃ》な体格とのギャップで、彼女は酷《ひど》く扇情的《せんじょうてき》に見えた。

「ちょ、ちょっと待ってください」

「ダメです。待てません。課長がいなくなるなんて、私、耐えられませんから」

亜耶の瞳は涙を湛《たた》えている。

ぎょっとして目を見開いている間に彼女はこちらに近づき、恭介を足止めするようにぎゅっと抱き着いてきた。

濡れたスカートに裸の下半身を擦《こす》られ、恭介はズキリと官能的な疼《うず》きを覚える。

「あっ……あの、藤野さん」

「はい……」

名前を呼ぶと、彼女は素直に彼の方に顔を向ける。

シャワーが降り注ぐからだろう、その目がそっと細められた。シャワーで上気した顔で瞼《まぶた》を閉じる様《さま》は、まるでキスを待っているようだ。

ドクドクと甘い痛みを伴って立ちかけている自身の欲望が、理性をさらに遠ざけた。

（そもそも藤野さんは可愛すぎる。なのに……）

こんなシチュエーションでオトコを煽《あお》ったらどうなるのか、知らないのだろうか？

その甘さを責めたいという欲望に任せて、恭介は彼女の唇を奪った。

初めて触れた亜耶の唇は柔らかくて熱っぽい。好意を持っていた人の唇に一度触れてしまえば、あっという間に理性を失う。

恭介は彼女の腰に手を回し、きつく抱き寄せていた。

濡れたシャツ越しに感じる肌は直接触れるよりもどかしく、欲情を煽《あお》る。

醒《さ》めかけていたアルコールが、欲望を伴い再び体中を駆け巡る。

（濡れている女は何よりも色っぽいと言っていたのは誰だったか……）

唇を割り舌を深く差しこむと、亜耶は躊躇《ためら》いながらもおずおずと応じた。その物慣れない様子に、一層、歓喜がこみ上げる。

キスだけで甘い吐息《といき》を漏《も》らして縋《すが》りついてくる彼女の重みが、恭介の気持ちをさらに浮つかせる。

「あっ……ん……ぁあっ……ぁ」

喘《あえ》ぐたびに透《す》けたシャツの下で、愛らしいピンクのブラに包まれた丸い胸が上下した。透《す》けた肌がもどかしい。

そう思いながら恭介は彼女のシャツのボタンを外していく。

キスに必死で気づいていないのか抵抗されることもなく、恭介は三つ目のボタンまで外した。

シャツの上からブラのホックを外すと、きつそうに包まれていた胸がまろびでる。白く艶《つや》やかな隆起の頂点では、下着に引っかかるようにして蕾《つぼみ》が恥ずかしげにたたずんでいた。

「なっ……にしてるんですか」

ハッと気づいたようにキスから逃《のが》れた亜耶の目元は真っ赤で、瞳は潤《うる》んでいる。狼藉《ろうぜき》を叱《しか》るみたいな視線で睨《にら》まれたが、濡れた瞳に却《かえ》って煽《あお》られるばかりだ。

「私だけ裸で、貴女《あなた》が服を着ているのはおかしい……」

「えっ？」

全裸の男に抱きしめられていることに、今更気づいたのか、突然彼女が狼狽《ろうばい》する。

「あ、あの、違うんです。私、課長を帰すわけにはいかなくて」

口づけの合間に手のひらでたゆむ胸を揉《も》み、指先で桃色の蕾《つぼみ》を転がす。たっぷりとした胸の感触は手のひらに心地よさを与え、頂点はあっという間に硬さを増していった。

彼女の言っていることの意味は分からない。だが、それすらどうでもいいほど今は理性が働かないのだ。

とりあえず、理解できたことだけを確かめる。

「私はここから帰ってはダメなんですよね？」

「あっぁあっ……そ、です。帰っちゃ……ダメな……ん、あぁ……」

眉を寄せ感じている表情で帰るなと止める部下に、恭介は脳裏が真っ赤になるほどの欲情を覚え、その体を浴室の壁に押し付けた。

「……私にこんなことされても、帰るなと貴女《あなた》は言うんですか……？」

自分らしくないことをしているのは分かっている。

けれど、普段清楚《せいそ》な姿で真面目に仕事をする彼女が自らの腕の中で淫《みだ》らに乱れる様子に、理性は完全に切れていた。

「はい……帰らないで、ください」

無体なことをされているのに、彼女は素直に頷《うなず》く。

首肯の意味が分かっているのか。ああ……もうどうでもいい。隙があるならつけこむだけだ。こんな風に誘う彼女が悪い。

「感じやすいんですね……もうこんなに硬くして……本当に、藤野さんはどこからどこまでも可愛い」

ぷっくりと立ち上がり誘うように硬くなっている頂《いただき》に舌を這《は》わせると、彼女はヒクヒクと体を震わせる。亜耶はもう頷《うなず》くこともできずにぐったりと浴室の壁にもたれかかり、彼のされたいようにされている。

「あっ……課長……ダメ。ぁあっ……ぁんっ」

口では制止しても、体も声も素直に反応している。

「胸が弱いんですか？　だったらもっと弄《いじ》ってあげましょう」

片側の胸の頂《いただき》をチュッと吸い上げ舌先でコロコロと転がすと、腰が揺れはじめた。もう一方の胸の頂《いただき》を親指と人差し指で摘《つ》まめば、もう睨《にら》むことすらできずに瞳を閉じて、恭介の肩に両手を預け崩れそうな姿勢を支える。

「か……ちょ、も、そこ……ダメなのぉ……」

甘い声が上がるたびに、ぎゅっと彼女の指先に力がこもり、肩に爪が当たる。その微《かす》かな痛みすら、恭介を煽《あお》ってやまない。

徐々に張り詰《つ》めていく豊かな胸を散々揉《も》みたてながら、彼は濡れて脱がしにくくなっているストッキングに爪を引っかけ破いた。

隙間から指を滑りこませ、艶《つや》やかな太腿《ふともも》の感触を堪能《たんのう》する。

「私、なんで……こんなことに……ぁ、あぁっ……フラグを折りたかっただけなのに……」

「……何を言っているんですか？」

「……見えるんです、私」

「何が？」

そう訊《たず》ねつつも、つい指先を進めてしまう。柔らかい臀部《でんぶ》の感触に理性は遠ざかるばかりだ。

何かおかしいと思うものの、突然の出来事に、もう恭介は欲望を抑えこめなくなっていた。

「やぁっ……ぁ、ぁあっ、ダメっ」

やわやわと胸と尻を揉《も》みたてると、彼女は柔肌をふるふると震わせて、溶《と》けた瞳で恭介を見上げる。

目と目が合った瞬間、彼の滾《たぎ》った血液が一気に下半身へ流れこんだ。

（ああ……もう限界だ）

密《ひそ》かに思っていた女性とこんな僥倖《ぎょうこう》に恵まれるなんて、誰かに騙《だま》されているのかもしれない。だとしても、もう止められなかった。

「壁に手をついてもらってもいいですか？」

半裸の彼女を散々弄《もてあそ》んだ後、体勢を変えさせると、亜耶は縋《すが》りつくようにして浴室の壁にもたれ掛かる。

腰が恭介の方に突き出された。

その腰を抱いてスカートをまくり上げ、再び破れたストッキングの間から彼女の下着の内側へ指を滑らせた。

そこはシャワーのお湯とは別の、とろりとした潤《うる》みを湛《たた》えていた。

「ああ……藤野さんはイヤラシイ。こんなに濡らして……」

「あっ……ぁあっ。ちがう……違うの」

否定する言葉を聞きながら、恭介はぬるりとした蜜《みつ》を纏《まと》った指で堪能《たんのう》するように秘裂を撫《な》でた。

「違うって……こんなにトロトロに濡らしておきながら？　なのにダメとか違うとか、嘘を言っては困りますね」

後ろから抱き寄せて真っ赤になっている耳元に囁《ささや》くと、亜耶は力なく顔を左右に振る。

「……こんなこと、するつもりじゃ……」

「あぁ……藤野さんがこんなエロいとは思っていませんでした」

「だから、緑の、フラグが……ダメ。課長、ぁあ……っ」

「そんな可愛い声で啼《な》かれたら……余計煽《あお》られる。人の理性を粉々にしておいて、今更ダメと言っても、もう遅いですよ」

自分でも何を言っているんだろうと思う。だが、ブレーキがかからない程度には、アルコールが残っていた。

いや……醒《さ》めかけていたアルコールに火をつけたのは、甘い声で啼《な》き、淫《みだ》らにも自分に向かって腰を突き出している部下か……

壁に手をついた彼女のはだけたシャツからは、たわわな胸が零《こぼ》れ落ち、誘うように揺れている。

スカートをまくり上げ、破られたストッキングと中途半端に露出した丸い臀部《でんぶ》。

とろとろに溶《と》けて自らの指を受け入れている熱い蜜壺《みつつぼ》に、疼痛《とうつう》がするほど硬く滾《たぎ》る自身を受け入れさせたい。

（……もう……知るか。彼女を抱くこと以外は、どうでもいい）

彼女が入社する前から密《ひそ》かな想いを胸に抱いていた恭介は、熱情に浮かされたように亜耶の体を強く抱きしめたのだった。

第一章　それを彼女は『フラグ』と呼ぶ

亜耶が荻原恭介と一夜を共にする一週間前。

「――藤野さん。いつも急な依頼ですみません。それでは来週のイベントのお手伝い、お願いしますね」

オフィスで恭介が眼鏡の奥の目を柔らかく細め、彼女に微笑《ほほえ》みかけた。

(ああ……荻原課長の笑顔に、今日も癒《いや》される……)

その笑みに見惚《みほ》れて、亜耶は一瞬返答が遅れてしまう。

「……藤野さん？」

「あっはい。分かりました。それでは当日は会場に直行ということですね」

「はい、私も余裕があれば、手伝いに行きます」

慌てて真剣な顔をして、手渡されたイベント資料を確認しながら頷《うなず》く。恭介がそんな亜耶を見て、ひそかに笑みを深めたことには気づいていない。

「では、後はお願いします」

その言葉にぺこりと頭を下げて、彼女はその場から立ち去った。

亜耶が勤めている企業は、最近マスコミなどでも話題の有名ＩＴ企業だ。

学生時代の友人は、彼女の職場を華やかなところだと思っているようなのだが、亜耶の所属は総務部総務課。どの会社でもさほど総務の業務内容に差はないだろうし、現実問題、日々、至って地味な作業に追われている。

先ほど亜耶に話しかけていた荻原恭介は、直属の上司であり総務課長である。年齢は三十二歳、独身（ここ大事なところ）。ＩＴ企業のわりに幅広い年代の社員が所属するこの会社では、相当早い時期に課長になった人物だ。

社内の情報通の友人早苗《さなえ》によれば、同期ではぶっちぎりトップの出世株らしい。

だが、おっとりとしていて見た目が地味なため、一般の女子社員からは、『閑職に回された残念社員』扱いをされていた。

最先端の企業だけにオシャレな人が多い社内で、恭介は目立たないダークスーツ姿で、なんの変哲もない銀縁《ぎんぶち》眼鏡。黒いストレートヘアを整髪料で軽く纏《まと》めている。

少し猫背気味なせいで、長身なのに威圧感は全くない。

そんな一見、平々凡々とした雰囲気だが、その実、涼《すず》やかな目元とすっと通った鼻筋に形のいい唇という、端整な顔立ちをしていると亜耶は知っていた。

それに……低くて深い声に、丁寧で柔らかな物腰。

（はぁ……課長、今日も最高です！）

亜耶は自席で書類を確認している恭介を盗み見て、机の下で小さくこぶしを握りしめた。

彼の容姿と声は、亜耶の好みのドストライクなのだ。それだけでなく、仕事ができるのに、周囲にそれをひけらかさない。それは人間力まで高い証拠だと思う。

例えば職場でトラブルがあっても、穏やかに話を聞き、笑みを浮かべて的確な指示を部下たちに出す。声を荒らげて怒っているところなど見たことがない。

亜耶は入社以来ずっと総務課勤務だが、恭介の前の課長はトラブルがあるたびに大さわぎをして社内を走り回り、誰かを名指しで叱《しか》りつけるような人物だったのだ。

だから昨年、人事課主任から課長として恭介が異動してきたときは、前課長と同じような人物かもしれないと警戒していた。だが、すぐに彼の穏やかな振る舞いに好感を覚えた。そして仕事ぶりと人柄に好意を持ち、気づけばすっかり恭介のファンだ。

そんな憧れの人に認めてもらいたいと、彼女は日々の仕事を全力で頑張っていた。

「――それではお疲れさまでした。カンパーイ」

翌週。亜耶は営業企画部のイベントの手伝いに駆り出されていた。今は他の総務課メンバーも一緒に恭介主催の打ち上げ中だ。

(か、課長の隣だ……朝のテレビの占いで『今日は運命的な出来事が待っているかも?』なんて言っていたけど……まさか、これじゃないよね?)

同じタイミングで一次会の会場に到着した恭介と亜耶は、隣の席になっている。亜耶はドキドキする胸の鼓動をもてあましながらも、さりげない風を装《よそお》って座っていた。乾杯のビールに口をつけつつ、改めて隣の人の横顔を盗み見る。

彼は喉を鳴らし、美味《おい》しそうにビールを飲んでいる。

ネクタイを緩め、ボタンを一つ外したシャツの襟元《えりもと》。

ゆっくりと動く喉仏に男性らしさを感じて、亜耶はドキッとした。

少し捲《まく》った袖から見える筋張った手首や、前腕に淡く入る筋肉の影にも男性の色香があり、じわりと熱がこみ上げる。

(あ、ダメ。あんまりガン見しているのがばれたら、嫌がられる……)

そう思った瞬間、恭介が不意に亜耶の方を向いた。

「今日は藤野さんもお疲れ様でした。お客様への対応がとても丁寧で、企画部の方々も本当に喜んでいましたよ」

眼鏡越しに切れ長の瞳を細めてふわりと笑った笑顔が、普段の凛々《りり》しさを和《やわ》らげている。そんな優しい表情で見つめられたのが嬉しすぎて、一気に顔が火照《ほて》った。

「あれ？　もしかして、ここ、暑いですか？　空調を少し強くしてもらいましょうか？」

次の瞬間、彼が冷房の効きを確認するように立ち上がる。エアコンの吹き出し口に手を伸ばしながら訊《たず》ねられて、亜耶はあわあわと首を横に振った。

(課長……気が回りすぎです)

本当に気遣いのできる人なのだ。

相手が部下だろうが、お偉いさんだろうが、対応に差はない。

「あの……課長こそ忙しいのに会場に来ていただいて助かりました。……ありがとうございます」

そう言いながらビールをお酌《しゃく》をしようとすると、彼は少し照れた笑みを浮かべてグラスを取った。

「ありがとうございます。藤野さんにお酌《しゃく》してもらうと、つい飲みすぎそうで危険ですね」

（それって……ちょっといい意味で言ってます？）

そうであってほしい。

願望まじりの意識で見れば、恭介の目元が仄《ほの》かに赤い気がする。

（いやいやいや、課長の言うとおりここの店、暑いのかも。期待なんかしちゃダメ）

そう思いながらも、思わず胸が甘く高鳴ってしまう。

それってどういう意味ですか？　と訊《たず》ねたい気持ちを必死に抑えて、亜耶は緊張しながらビールを注ぐ。

「じゃあ、私からも……」

すると即座にお酌《しゃく》を返され、あわててビールを飲んだ。

やっぱりこの部屋、暑いんだ。ビールが冷たくて美味《おい》しい。

お酒は飲めないわけではないのに憧れの人の隣で飲むと、普段よりアルコールが回る気がした。

（はぁっ。眼福だあああ。こんな近距離で、しかも課長のお酌《しゃく》でお酒が飲めるなんて……。幸せすぎてちょっと……テンションあがっちゃいそう）

亜耶は自分の想いを隠して、平然としているフリをする。

だが、恭介はすすめ上手で、亜耶は緊張のせいもあってハイペースでお酒を飲んでしまう。いつの間にか亜耶は泥酔《でいすい》していた。

「……課長ぉ。すみません～。ここからは一人で戻れますんで。私、ちっとも酔ってませんからあああ」

うっかり飲みすぎた亜耶は、一次会だけで相当酔っぱらっていた。

そのため、明日支社への出張があるので一次会で抜けるという恭介が、足元の怪しい彼女をタクシーで送り届けてくれたのだ。

亜耶がフラフラとアパートの部屋に向かって歩きはじめると、恭介が慌ててタクシーの支払いを済ませ、後を追ってきた。

「藤野さん、大丈夫ですか？　足取りが怪しいですよ。部屋まで送ります」

「……らいじょうぶ、ですっ。課長は明日早いんですよね。もう帰ってくださーい」

振り返り後ろ向きに歩きながら、ぶんぶんと手を振った瞬間。

「わわっ」

小さな段差に踵《かかと》を引っかけて、亜耶は背中から倒れそうになる。

「藤野さん、危ないっ」

恭介が引き寄せようと、彼女の腕を引いた。途端、亜耶はバランスを崩して逆に彼の方に倒れこんでしまう。

突然だったせいか、恭介はそれを支えきれずにしりもちをつく。その上に亜耶がのしかかり、一緒に地面に倒れこんだ。

「藤野さん……大丈夫ですか？　私も足元が怪しいですね。すみません、少々飲みすぎたかもしれません……」

それなのに恭介は、亜耶の体が地面につかないように支えてくれている。その上、何よりも先に亜耶のことを心配してくれたのだ。

（課長……やっぱり優しい）

一瞬感動した後、状況を確認した亜耶の顔から血の気《け》が引く。

転んだ拍子に道の脇にある植木鉢をひっくり返したせいで、恭介は頭から植木鉢の土を被っていた。亜耶の方は恭介の体の上で、土ぼこりすら浴びていないのに。

「か、課長。あの……すみません。その頭。気持ち悪いですよね。あの、あの……うちに寄ってシャワー浴びていってください。そんな格好で帰すわけにいきませんっ」

綺麗に整っていた恭介の髪は土でドロドロになり、眼鏡まで汚れている。

亜耶は急いで恭介の上から降りると、彼の泥をそっと払う。それでも綺麗にならないと分かるや否や、有無を言わせず彼の腕を引っ張って、自分のアパートの部屋に向かった。

「あ、あの藤野さん。……もう私は帰るだけですから、汚れていても……」

「いえ、そういうわけにはいきませんからっ」

玄関の鍵を開けると、部屋に入れようとする。

「あの、ちょっと……藤野さん？」

騒がしくしてしまったせいだろう、隣の扉が開き、隣人が訝《いぶか》しげにこちらを見る。

「あの、ここだと落ち着かなくて……とにかく中、入ってください」

亜耶が焦《あせ》って小声で頼むと、恭介も通路で騒ぐわけにいかないと思ったらしく、玄関に足を踏み入れる。

亜耶はそれを確認するとドアを閉め、彼のスーツの上着を脱がせはじめた。

「ちょ……あの、藤野さん、大丈夫ですから」

「いいえ、シャワーを浴びてください。大丈夫ですっ。その間にスーツの汚れは私ができる限り取っておきますのでっ」

完全に酔っぱらっている亜耶が、続いてネクタイに手を掛けて外そうとすると、恭介が彼女の手を止めた。

「わ、分かりました。じゃあシャワーだけ浴びさせてもらいますので、後はお構いなく」

酔っ払いに抵抗するのは無駄だと思ったのか、泥だらけで帰ることを躊躇《ためら》ったのか、彼は大人しく脱衣所に案内される。扉の向こうに彼の姿が消えると、亜耶はほっとして汚れていた彼のジャケットを持ち、部屋に戻った。

スーツの汚れを払いブラシを掛けた後、ハンガーにかける。そして、自分の酔いを覚ますためと、せめてものお礼の気持ちをこめてコーヒーを用意しはじめた。

その時だった。それが見えたのは——

亜耶はそれを『死亡フラグ』と呼んでいる。

ゲームやアニメなどに、ストーリーが確定する条件という意味をもつ『フラグ』という言葉があるが、亜耶が『フラグ』と呼んでいるそれは、見逃せば親しい人が死亡する印だ。

この『フラグ』が見える能力は、亜耶が物心ついた頃には発現していた。だから本人は不思議には思っていない。

亜耶の実家は今でこそ普通のサラリーマン家庭だが、もともとの血筋をたどると、地元で大きな神社を任されていて、霊能力者を多く輩出していたらしい。

嘘か本当か謎だけれども、中には霊体を違う場所に飛ばしたり時を遡《さかのぼ》ったりする能力がある人までいたそうだ。

その家系のせいなのか、亜耶には他人の死の予兆が見える。死期が近い人がいると実際の景色に、その人物が死亡する時の情景が重なって見えるのだ。

小さな頃はそれがよく分からなくて、周りの人たちをずいぶんと怯《おび》えさせた。そんな亜耶の唯一の理解者は祖母だ。亜耶は祖母にこう訴えかけた。

「見える風景が緑っぽい時は大丈夫なの。でも赤い時はダメ。どうしても絶対に死んじゃうの」

見える景色には二種類ある。緑がかった景色と、赤がかった景色だ。

緑のフィルターが掛かっている時は、その未来は確定していないらしく、亜耶のアドバイスで死を回避することができる。

だが赤い景色の時は、どうやっても変えることができなかった。

赤い景色の中にいた優しい曾祖父が亡くなった際、泣きじゃくる幼い亜耶を抱きしめて、祖母は慰《なぐさ》めてくれた。

その後、祖母の死亡フラグが見えた時は緑で、映像で原因が分かったので、早めに病院で診察を受けて事《こと》なきを得たという経験もある。

「だから、亜耶ちゃんの能力は悪いものじゃないの。きっと結婚して赤ちゃんを産む頃にはなくなるはずよ。ばあちゃんの亡くなった姉ちゃんがそうだったからね」

病室の祖母は、子供の頃と同じように亜耶の頭を撫《な》でてくれたのだ。

そしてその後、フラグを見ることはあまりなくなった。


ところが、今、久しぶりにフラグを見ている。

それは緑のフィルターが掛かった景色だ。

深夜、街灯のほとんどない細い道を歩く恭介。そんな時間に誰も歩いているわけがないと思っていたのであろう、中型トラックがすごいスピードで突っこんで恭介を撥《は》ね飛ばした。慌ててブレーキを掛けるトラック。だが、十数メートル飛んだ恭介は頭からアスファルトに叩《たた》きつけられて……

(でも、緑……だよね)

見える映像は怖いし、このままだと課長は死んでしまう。

けれど緑のフラグなら、その状況を回避できるのだ。

(課長が……いなくなるなんて絶対嫌。何があってもあの死亡フラグは折らなくちゃ。朝になるまで足止めしたら、あれは実現しないんだよね……だから……)

そう冷静に判断したつもりだったが、実際は酔っぱらいである。亜耶はその状態で、シャワーを浴びている彼のもとにフラフラと向かったのだった。

＊＊＊

——ぴぴぴ。ぴぴぴ……

いつもどおりの時間にアラームが鳴り、亜耶は目を開けた。次の瞬間、布団の中の自らの格好に目を瞠《みは》る。

「……なんで私、裸なの？」

必死に働かない頭を動かす。

昨日は確か、課内の飲み会だった。

(私……昨日、何をしたっけ？)

ゆっくりと昨日のことを思い出す。

そう、飲み会で運よく荻原課長の隣の席に座ることになり、それが嬉しくて随分飲んでしまった記憶がある。

挙句の果てに酔っぱらった亜耶を心配した恭介が、タクシーで送ってくれたのだけど……

「うわああああ！」

そこまで思い出すと、亜耶は布団をかぶり頭を抱えた。

その夜の記憶は、それこそ快楽に呑みこまれて朦朧《もうろう》としている。だが、経緯は理解できた。

恭介に立った死亡フラグを見て、酔った勢いでなんとか止めようと決意し、彼がシャワーを浴びている浴室に乱入した。そしてとにかく外に出させまいと、あんな恥ずかしいことやこんな乱れまくりなことをしてしまったのだ。

「あ……あの、か……課長?」

慌ててあたりを見渡しても、恭介の姿はない。

裸の自分が恥ずかしく、タオルケットで体を隠しながらベッドを出ると、昨日一晩を一緒に（しかも激しく!）、過ごしたはずの人を探した。

（てか、あんなはしたないことしちゃって……私、嫌われた、よね?）

よりによって全裸の恭介を襲ったのだ。痴女《ちじょ》だと非難されても文句は言えない。

「あああ……」

後悔に満ちたため息を零《こぼ》した瞬間、テーブルの上にメモを見つけた。

『昨日はすみませんでした。私が汚してしまった藤野さんの服は後でクリーニングに出してください。代金はこちらで払います。よく寝ているようだったので、申し訳ありませんがこのまま失礼します』

几帳面な文字で書かれた丁寧な言葉。課長の文字だ、と思うと、ぎゅっと抱きしめたくなる。

けれど、メモだけ残して姿が見当たらないのって……もしかして、あんまりいい兆候じゃないのかも。

「あああ、もう……なんであんなことしちゃったかなあ、私」

——ぴぴぴ。

その瞬間、二度目のアラームが鳴り、亜耶ははっとした。

「やば、仕事に行かないとっ」

慌てて着替えを済ませて化粧もほどほどに、部屋を飛び出す。

（課長は……確か支社に直行で、今朝はオフィスには来ないはず……）

それが少しだけ救いだ。あんなことがあった後、どんな顔をして彼の前に出たらいいのか分からない。

とりあえず現時点でできることは、可能な限り早く、普段のモードを取り戻すこと。

ちゃんと「送っていただいてありがとうございました」と恭介にお礼を言って、何もなかった顔をする。

それだけを心に誓って亜耶は出社したのだった。

＊＊＊

「亜耶ぁ。昨日大丈夫だった？」

目立たないようにこっそりと席に着こうと思ったのに、出社直後、亜耶はさっそく早苗に捕まった。

「あ……うん。ちょっと飲みすぎちゃったけど、大丈夫」

「そっかあ。まあ課長が送っていくって言ったから、みんなはあんまり心配してなかったけど。あ、課長は今朝こっちに来ないのね」

行動予定が書かれたホワイトボードを確認すると、早苗はくるっと回転して、再び亜耶の耳に唇を寄せる。

「で？　課長と何か進展はあった？　部屋に誘っちゃったりとか、課長に誘われてホテル行っちゃったり……とか？」

その言葉に、亜耶は思わず目を見開く。

「……ってそんなこと、初心《うぶ》な亜耶にできるなら、こんなに苦労してないよね～。でもって課長もそういう無茶しそうなタイプじゃないし」

早苗に頭をポンポンと撫《な》でられたのを幸いに、慌てて下を向いてごまかす。

（いや……そう！　本来ならできないはず。なんだけど……）

送り狼ならぬ送られ狼ばりに、憧れの人を浴室に連れこんであんなことしちゃったとか……仲の良い同僚でもとても言えない。

しかも相手は、堅物で真面目な荻原総務課長だしっ。

「あ、私、メールチェックしないと……」

ぼそぼそと呟《つぶや》きながら亜耶はパソコンを起動して、メールチェックをするふりをした。

「課長も……亜耶のこと、相当気に入っていると思うんだけどなあ……」

肩をすくめた早苗は、そう呟《つぶや》くと自分の席に戻っていく。

メールを見つつも物思いにふけっていた亜耶には、その呟《つぶや》きは聞こえなかった。


数分後。ふと顔を上げ、亜耶はあたりを確認した。既《すで》に早苗も業務を開始している。

ざわざわと人が会話する声と、コーヒーの匂い。いつもどおりの朝だ。

（もう、昨夜のあの映像は浮かばない。ちゃんと課長の緑のフラグは折れたはず。だから大丈夫）

離席し、届いた新聞をラックに整理しながら、さりげなく三面記事を確認した。当然のことながら恭介の事故の記事はない。

でもあのまま帰宅すれば、彼は今朝には亡くなって、この新聞の三面記事に死亡事故の被害者として載っているはずだったのだ。その風景まで亜耶は見ていた。

だから必死になったのだけど……

（といっても……なんであんなことになっちゃったのかな。もっと穏当な止め方があったはずなのに。でも……昨日の、課長すごかった……気がする。私、途中から、記憶飛んじゃってるけど……）

浴室でした後は、服を脱がされて、そのままベッドに押し倒された。普段穏やかで優しい人なのに、ああいう時はちょっとSっぽくて、すっごく激しくて……

『……藤野さんがこんなにエロいとは思っていませんでした』

欲望で熱っぽく掠《かす》れた声が脳裏によみがえり、ゾクリと身を震わせる。

乱れる呼吸。可愛いと何度も囁《ささや》いてくれた声。微《かす》かに香るハーバルノート。大きな体に四肢を組み敷かれて、何度も達してしまったこと。

（……人のこと、エロいとかって……っ。エロいのは課長の方、ですからあああああ）

自分の経験値が高くないことを、亜耶は自覚している。

だから、あれほど感じさせられたこと自体、青天の霹靂《へきれき》、空前絶後の事態だ。

（というか……課長ってば、仕事もできるけど、ベッドでもできる人なんですかっ）

いっぱいされて……すごく気持ちよか……。って、あぁ、何、馬鹿なコト思い出してるの。落ちつけ。自分。

一度トイレに行って顔を洗おうと深呼吸する。

昨日のことを一瞬思い出しただけで、平常心ではいられない。思い出しただけで体が疼《うず》いて……ぞわぞわした。

（でも課長……本当に大丈夫だった、んだよね？）

トイレに向かう途中で、昨日バスルームに入る前に見えた光景を思い出し、亜耶はふるっと体を震わせた。

あんな怖い映像を見た後だから、大丈夫だと分かっていても不安だ。

今日、恭介は支社に直行し、社内環境改善のためのヒアリングを行っている。日帰り出張だから戻ってくるのは夕方だろう。

明日には先日行った社内アンケートの結果を恭介に確認してもらわないといけない。

洗面所に行ったものの化粧後の顔を洗うわけにもいかず、亜耶は冷たい水で手を洗う。

(ちゃんと……普通に顔合わせられるのかな……)

鏡に映る自分は顔が赤い以外は、いつもと変わらないように見える。あんな淫《みだ》らな夜を過ごしたとはとても思えない。

(よし、あれは私の妄想。私の夢。……なかったことにしよう)

パシンと顔を両手で叩《たた》いて気合を入れる。

「だけど課長、緑でよかったな……」

色々と恥ずかしいことになってしまったけれど、今朝も恭介が生きていてくれることが何よりも嬉しい。片思いでも、本当に大好きな人だから……

きっとフラグのことを伝えれば気味悪いと思われる。今までだって身内以外に信じてもらえたためしはない。しかも昨夜はあんなことになってしまったため、今更説明しても嘘だと思われるだろう。逆にもう絶対に言えなくなった気がする。

他に適当な理由をつけてごまかさないといけない。

真面目な恭介のことだ、部下と不適切な関係になったことをきっと申し訳ないと考えている。これ以上、彼に負担を掛けたくない。

というか、恥ずかしくて自分もいたたまれないし……

「とりあえず、笑顔で乗り切る！」

冷え切った両手で頬をぎゅっと包み赤みが引くのを確認してから、亜耶はトイレを出たのだった。

……冷静に考えれば、部下との過《あやま》ちを申し訳なく思うような人は、場所をベッドに移してからもなお、何度も抱いたりしないだろうことに……経験値が低くて迂闊《うかつ》な亜耶は全く気づいていなかったのだった。

＊＊＊

「課長……アンケートの集計結果なんですが」

翌日。恭介は忙しく社内を動き回っていて、なかなかコンタクトを取れなかった。ようやく顔を合わせることができたのは夕方だ。

「あ、ああ。藤野さんに頼んでいたんでしたね。はい、拝見させていただきます」

一瞬の間があったものの、いつもどおりふわりと笑みを浮かべた恭介に、亜耶はほっと息をつく。

「はい。確認お願いします。何か問題があれば、声を掛けてください」

それだけ言うと会釈《えしゃく》をして、そそくさと自分の席に戻る。それから視線を上げ、真剣な顔で書類を確認する恭介の様子を盗み見た。

（よかった……いつもどおりの課長だ……）

あんなことをした自分にどういう態度を取るだろうかと心配したけれど、少なくとも表面上は今までと変わらない。そう思ってホッと安堵《あんど》のため息を零《こぼ》した瞬間、顔を上げた恭介と視線が合ってしまった。

「藤野さん？」

呼ばれて慌てて席を立つ。

「何か問題がありましたか？」

「いえ、書類は問題ありません。ありがとうございました。それでこの後、少し付き合っていただけませんか？　役員会議のために会議室の準備をしないといけないので。あ、もちろん、お忙しいなら他の人に頼みますが」

恭介に申し訳なさそうに訊《たず》ねられて、亜耶は顔を左右に振った。

「大丈夫です。お手伝いします」

「そう、よかった。じゃあよろしくお願いします」

立ち上がった彼の少し猫背な背中を追いかけて、亜耶は歩きはじめたのだった。


「――机の配置はこれでいいですね」

本来なら、恭介自らがするような仕事ではないのに、退社時間ギリギリだったせいだろう、恭介自身がほとんどの机の移動をやってしまった。

亜耶は椅子の移動を手伝い、ファイリングされていた書類を机に一つずつ置き、ペットボトルのお茶を準備したくらいだ。

「朝一の会議でしたので、今日のうちに準備をしておきたかったのです。手伝っていただいてありがとうございました」

丁寧に礼を言われて、小さく笑みを浮かべる。

「いえ全然」

「それに……」

すると恭介はゆっくりと亜耶の側に歩み寄ってきて、彼女の顔を見下ろした。

「この間は……」

そう言いかけて軽く握った手を口元に運び、もう一度目を細める。亜耶は、来た、とばかりに身構えた。

「この間はすみませんでした……」

彼女の緊張に気づいているのかいないのか、恭介は深々と頭を下げる。亜耶は咄嗟《とっさ》になんと返していいのか迷った。

(謝ったってことは……やっぱり、アレはなかったことにしたいんだよね、きっと)

そう判断すると、シミュレーションどおり、緩く首を傾《かし》げる。

「この間って……私、酷《ひど》く酔っぱらっていたみたいで。何か……しでかしましたか？　あの……こちらこそ送っていただいて、すみませんでした」

できる限り間の抜けた顔をしてから、パッと頭を下げてみせる。

いや、本当は心の底から謝りたい気持ちでいっぱいなのだ。その思いで、つい九十度近く頭を下げる。すると恭介は、亜耶の肩を押して顔を上げさせた。

「あの……何も覚えてないんですか？」

亜耶の顔を覗きこんで、驚愕《きょうがく》したように訊《たず》ねる。

でもここは絶対認めちゃダメなところだ。

（認めたら課長を困らせてしまうし……。自分も色々困ってしまう）

亜耶は必死の笑みを浮かべて頷《うなず》いた。

「全然。あの……何か、私、やらかしましたか？」

恭介は一瞬何かを言いかけて、口を閉じる。

「……そうですか。こちらこそご迷惑を掛けたようで。いえ、いいんです。それならそれで……」

どこか困惑したような笑みを浮かべて小さく息をはいた後、時計を見上げた。

「ああ、もう退社時間を過ぎてしまいましたね。手伝っていただいてありがとうございます。それではお気をつけて」

「は、はい。お疲れさまでした。お先に失礼します」

それだけ言うと、亜耶は小走りに会議室を出ていく。走りながら、恭介が謝るために会議室に連れてきたのだ、と気づいた。

（私ってダメだな。課長に……気遣いばっかりさせちゃって……）

だから。これ以上気を遣わせないためにも、これでよかったのだ、と自分に言い聞かせる。

だが亜耶は、あの日の夜をまるでなかったことにしたことを、どうしようもなく切なく感じていたのだった。

第二章　フラグを折ろうと思ったらキスされて……

それから数日は特に問題なく過ぎていった。

恭介は今までと全く変わらない様子で業務を取り仕切り、亜耶も何事もなかったように振る舞い続けている。

（あの夜のことの方が、夢でも見てたみたい）

亜耶はいつもどおりの生活が続くことにホッとしていたが、一方で、ふとあの夜のことを思い出すとゾワゾワと不思議な震えを覚える。加えて、あの夜の出来事が何もなくなってしまったことが切なかった。


「――ちぃ～す。今日から担当が代わります。俺、佐藤尚登《さとうなおと》って言います。宜《よろ》しくお願いしま～す」

明るい声が響き渡り、亜耶が見ている前で、青年がペコリと頭を下げた。

総務課に挨拶《あいさつ》に来たのは、宅配業者の青年だ。茶色がかったゆるいウェーブの髪。長い睫毛《まつげ》でぱっちりとした瞳。愛嬌《あいきょう》ある笑顔。

スタイルが良くて可愛い青年だ。きっとモテるだろう。

（うーん、爽《さわ》やかだなあ。身長は課長と変わらないくらいあるかな……）

亜耶は目の前の男性を、無意識に恭介と比べる。その途端、青年と視線が合ってにっこり笑いかけられた。慌ててぎこちなく笑みを返す。

「ナオトくんか、よろしくね。てか、さっそくで悪いけど、発送したい荷物があるんだ。亜耶、それ、よろしく」

「あ、これね。はい。じゃあ佐藤さん、お願いします」

「あざーっす。了解っす」

早苗に言われて亜耶が荷物を出そうとすると、尚登はウインクを飛ばしてきた。

「亜耶さんっていうんですか、可愛いっすね～。めっちゃ好みです」

（か……軽い）

思わず亜耶はぱちくりと瞬《まばた》きする。尚登はニヤッと笑みを浮かべた。ペコリと頭を下げ、重そうな荷物をひょいと持ち上げる。

手足が長くて細く見えるのに、意外と筋力はあるらしい。

「でも亜耶さん、きっと彼氏とかいますよね」

「……いや、いませんけど」

「じゃあ、今度デートしてくださいよ～」

「えっと……お断りします」

「即答っすか？　マジで？　……ショックうぅ。俺、フラれました」

次の瞬間、まさにしょんぼりといった様子で落ちこむ彼を見て、亜耶はフォローをすべきか迷う。

その時——

「ま、明日も来ますんで、懲《こ》りずにまた口説《くど》きま〜す。亜耶さん、またね〜」

片手で荷物を担《かつ》ぎ上げもう一方の手をひらひらと振ると、尚登は総務課ブースを出ていく。

「ナオトくん、イケメンじゃない？　年下も悪くないかもよ？　一度ぐらいデートしてあげたら？」

呆然と彼を見送っていた亜耶の横腹を、早苗が肘《ひじ》でつついた。

「……うーん」

「でも、課長とは真逆のタイプだもんね。好みじゃないんでしょ？」

耳元で小さく聞かれて、亜耶は真っ赤になりながらコクコクと頷《うなず》く。

一瞬視線を感じて顔を上げると、こちらを見ていた恭介と目が合った。

「高橋《たかはし》さん、藤野さん、資料室の整理、お願いしてもいいですか？　今朝届いた資料を開封して、棚に並べてもらいたいんです」

時計を見ると退社時間まであと一時間だ。

「はい、分かりました。亜耶、今、いける？」

「うん、大丈夫。早苗、今日デートだったよね、ダッシュで済ませた方がよさそうだね」

そう囁《ささや》き合うと、亜耶達は鍵を取り、資料室へ向かう。

その二人の背中、主に亜耶の背中を恭介が鋭い瞳で見ていたことに亜耶は気づいていなかった。

「——てかさ、結局うちの会社、ペーパーレス進んでないよね。データでいいじゃん、データで。

結局何かあると紙の資料が届いてさ。上層部もなんだかんだと、年寄り多いし。何年か前に来た役員、元銀行のお偉いさんなんだって。ああいう人が紙じゃないとって、言ってそうじゃない？」

「まあ……仕方ないよ。さくっと片付けちゃおう」

なだめるように言ったものの、資料室に積んであった大量の書籍資料に亜耶もうんざりする。

「これ、全部パソコンに登録して整理してたら、就業時間内に終わらないよね。私、後やっておくからさ、終業時間になったら、早苗、先に帰りなよ」

そう告げると、早苗は顔の前で祈るみたいに手を合わせた。

「マジで？　ありがと。遅れるとアイツ、機嫌悪いし。今度埋め合わせする」

さっき文句を言っていたのは、彼氏とのデートに遅れたくないだけなのだ。

普段はしっかり者で情報通の早苗にはお世話になりっぱなしだし、と亜耶は資料を手に取る。そして、資料室のデータ管理用のパソコンを立ち上げた。

＊＊＊

「——結構かかったなあ……」

仕事を終えて時計を見上げると、既《すで》に七時を回っていた。

その時、資料室の扉が控えめにノックされる。はい、と答えるとドアが開いた。

そこにいたのは資料整理を亜耶に頼んだ恭介だ。

「藤野さん、まだ……残ってたんですか。すみません、って高橋さんは……」

「あ、早苗は今日、用事があったので、私が残りをやっておくことにして先に帰ってもらいました」

「……そうだったんですね。気づかなくてすみません。しかも整理だけでなく登録まで……」

綺麗に並べた資料を見て、恭介は感心したように声を上げる。そのことが嬉しくて、亜耶はにっこりと笑みを浮かべた。

「いえ、もう終わりましたから。課長こそ、今日も遅いんですね」

「いえ、私ももう、帰るところです」

恭介がそう言って机にあった鍵を手に取り踵《きびす》を返そうとした瞬間。

(——なんで？)

その後ろ姿に二重写しのように見えたのは、緑のフィルターに彩《いろど》られた景色だ。

駅のホームに立っている恭介に、ふざけた学生たちがぶつかる。彼は押されてふらつきホームから落ちて、構内に入りこんできた電車の前に……

「ダメです。今、帰っちゃ……」

彼がホームから落ちないようにと思った亜耶は、咄嗟《とっさ》に恭介の背中に抱きつく。ビクンとその背中が微《かす》かに震え、ゆっくりと彼が振り向いた。

「……なんで、ですか？」

亜耶は一節一節を区切り、言葉を紡《つむ》ぐ。

「あ、あの……ダメ、なんです」

なんて言えばいいんだろうか。このまま帰ったら電車に轢《ひ》かれて死んじゃうからとは、当然言えない。

「……藤野さん、震えていますね……」

そう言われて気づく。

確かに彼のスーツの背中を掴《つか》んだ拳《こぶし》が、震えていた。

「……課長に……このまま、帰ってほしくない……んです」

亜耶の言葉に、彼はふぅっと深いため息をつく。ゆっくりと振り向き、亜耶と対峙《たいじ》した。

「この前と……一緒ですね。貴女《あなた》は……ズルい。……さっきはあんな若い子と楽しそうにしていたくせに……」

「あの……ごめんなさい。もう一度……」

彼の言葉は途中から小さくなり、よく聞こえなくなる。内容が気になって訊《たず》ねると、いつも見惚《みと》れている綺麗な指が亜耶の頤《おとがい》を持ち上げた。

「……あんなに体に教えこんだのに、忘れられるとは予定外でした……」

「……え？」

近づいてくる人の瞳は、艶《つや》めいて見える。

吸い寄せられるように、亜耶は意識を奪われた。

「……嫌だったら逃げてください」

「ぁっ……」

（やだ……なんて……）

拒否する気も起こらないほど、その瞳に捕らわれている。

近づく唇の気配に屈服して、亜耶は目を伏せた。胸がバクバクと激しく高鳴る。呼吸が苦しい。息を吸うことも吐くこともできない。

刹那《せつな》——

「……本当に、困った、人だ」

吐息《といき》と共に甘く掠《かす》れた声が落ち、唇が降ってくる。

ふわりと柔らかい物が唇を覆《おお》った。

（うわ……私、今、課長とキス……しちゃってる）

パニックになる頭と、飛び出しそうなほど跳ね上がる心臓。触れ合う唇は温かくて心地がいい。

うっとりとして力が抜ける。

（あ……なんか幸せ……）

「……っ」

しばらくして、そっと離れた唇の気配に、亜耶は目を開ける。

目の前の人は眼鏡の奥の瞳を柔らかく細めていた。

そのまま抱き寄せられて、彼の肩のあたりに額《ひたい》を寄せる。ふわりと漂《ただよ》うのは、あの日に繋がる彼の香水の匂いだ。

「……あの、藤野さん？」

けれど声をかけられてハッと視線を上げた先に、先ほどと同じ緑のオーラに包まれた彼の最期の景色が見えた。

（まだ……ダメなんだ……）

フラグは消えていない。もう少し時間を稼いで運命を変える必要がある。

どうしよう。そう思った瞬間、手を伸ばしていた。

左の手のひらが捕らえたのは、彼のうなじ。無意識に顔を引き寄せて、キスを誘うようにそっと目を閉じる。

「……藤野……さん」

「んっ……」

再び触れたキスは、ゆるく開いた唇から舌を差しこまれて、一気に大人なものに変わっていく。力が抜けた体を彼は腕の中にしっかりと捕らえ、亜耶は心も体も淫《みだ》らなキスから逃《のが》れることができなくなった。

口内で互いの舌が触れ合う。それだけでジンと脳まで痺《しび》れる気がする。鼓動が苦しいくらい激しく鳴っている。容赦なく舌を搦《から》め捕《と》られたかと思うと、ちろちろと可動範囲の広い舌が亜耶の口内を責め立てた。

「んっ……んぁ……はぁっ」

ぞわっと甘い戦慄《せんりつ》が背筋を駆け抜ける。カクンと膝《ひざ》が折れた瞬間、彼が亜耶を引き寄せた。

舌を伝って流れこんでくる恭介の唾液は甘い。

こくりと飲み干すと、褒《ほ》めるかのように彼は軽く唇を触れ合わせて、指先で優しく頬を撫《な》でた。

「んっ……藤野さんは……本当に可愛い」

一瞬離れた唇から囁《ささや》かれる蜜《みつ》のような甘い言葉。頤《おとがい》を支えていた手が口元に伸びて、親指の腹で濡れた唇を撫《な》でられる。

「ぁはっ……」

そして再び重なる唇。

無機質な資料室内で行われている淫《みだ》らなキスが、現実のこととは思えない。

何度も角度を変えて貪《むさぼ》られ、唇で感じていた痺《しび》れがあっという間に体中に広がってゆく。蕩《とろ》けた体が形を失っていく気がした。

ゆらりと世界が溶《と》けて崩れ去る。

「んっ……大丈夫ですか？」

力が抜けてしまった亜耶を抱いた恭介が唇を離す。濃厚なキスの名残《なごり》のように、互いの間を銀糸が繋ぐ。恭介はそれを指先で拭《ぬぐ》うと自らの唇に運び、舐《な》めとった。

「藤野さんは、何処《どこ》も彼処《かしこ》も、甘い……」

ふっと眼鏡の奥の目を細めて、艶然《えんぜん》と微笑《ほほえ》む。そのしぐさの色香にあてられて、亜耶は視線を逸《そ》らせない。

（課長って……こんな色っぽい人だったんだ。ううん、――違う、私、知ってる……）

目の前にいるのは、あの日の夜、不慣れな亜耶を骨の髄《ずい》まで貪《むさぼ》った肉食獣だ。

「まったく……藤野さんには惑《まど》わされてばかりです……」

この人は何を言っているのだろう。惑《まど》わせているのは恭介の方だ。

そう思いながら、亜耶が視線を上げると、彼は何かを言いかける。けれど次の瞬間、整っていた自らの髪をぐしゃりと掻《か》き上げた。長めの前髪がはらりと額《ひたい》に落ちる。

「いえ、悪いのは私の方ですね。……一人で立てますか？」

恭介はゆっくりと亜耶から手を離す。

足腰が立たずに崩れ落ちそうになったら、彼にもう一度抱き着けるのにと考えつつ、亜耶はちゃんとその場に立った。

それを見て、彼は困ったようなため息を落とす。

「……もう帰っても構いませんか？」

言葉は柔らかいのに、その意味を考えた亜耶は悲しくなる。引き留めたのは自分で、彼は帰りたいのだ。

もう見えていた緑のフラグは消えている。多分この短い時間で彼の運命は変わり、不幸な事故は防がれた。

「はい……もう大丈夫です」

亜耶は頑張って口角を上げて、笑みを浮かべる。ちゃんと笑えているといいのだけど。

「――っ」

次の瞬間、大きな手が降りてきて、ふわりと亜耶の髪を撫《な》でた。

「……なんて顔しているんですか。そんな顔をした貴女《あなた》とこんな密室にいたら……」

彼がスーツのポケットに手を入れる。チャリ、と金属を触れ合わせる音がした。亜耶が持ってきた鍵は机の上にあるので、それは多分彼が持ってきた資料室のマスターキーだ。

それを使って何をしようというのか？

「——また、シタクなる……」

ぼそりと呟《つぶや》かれた言葉は、願望による聞き間違いなのかもしれない。

けれど顔を上げた亜耶は、彼の瞳の中に情欲の熱を見つける。

——きゅるるるる。

その時、お腹《なか》の音が盛大に鳴った。亜耶はばっと顔を逸《そ》らす。真正面で亜耶の顔を見ていた恭介は、ぷっと噴き出した。

「……す、すみません」

恥ずかしい。なんでこのタイミングでっ。

亜耶は身を縮めて謝る。すると恭介は、眦《まなじり》を下げいつもの優しい上司の顔で、時計を見上げた。

「もう七時半ですね。もう少し、お時間はありますか？　残業してまで頑張ってくれた藤野さんに夕食をご馳走《ちそう》したいです。このままだと貴女《あなた》は帰宅するまでに、空腹で倒れてしまうかもしれません」

髪をふわりと撫《な》でる指は、やっぱり温かくて……

「あっ……」

彼の手が亜耶の長い髪を滑り下りて背中を包む。気が付くと亜耶は、大きな腕の中に再び抱き寄せられていた。

「実は私も飢えが酷《ひど》くて……食べてはいけないものを食べないように必死なんです」

苦笑まじりなのに艶《つや》めいた言葉を聞きつつ、鼻腔《びこう》で心地よい香りを捉《とら》える。

（限界。ダメ……も、溶《と》けそう）

抱きしめられて感じるのは、あの日ベッドの中で嗅《か》いだ清潔なハーバルノートだ。だけどその奥にセクシーな香りが混じっている。

抱きしめられただけで、きゅんと体が疼《うず》くなんて、生まれて初めての感覚だった。たったこれだけで、淫《みだ》らな夜の記憶がフィードバックする。

「あの、藤野さん。……何が食べたいですか？」

けれど体が疼《うず》いた瞬間、その腕の中から解放された。何事もなかったような雰囲気の会話に、亜耶はきょとんと顔を上げる。

「え……えっと……課長は何がお好きなんですか？」

甘い空間は泡沫《うたかた》のように去った。

それでも亜耶は二人きりで食事にいける、あのまま帰ってしまいそうだった彼ともう少し一緒にいられるという嬉しさで、弾んだ声を返す。

「嬉しそうですね。そんなにお腹《なか》が空《す》いていたんですか？」

くすっと笑って亜耶をからかうと、恭介はいつもみたいに少し思案顔をする。

「……私の好きな物、ですか……。好き嫌いはないですよ。それより残業のご褒美《ほうび》ですから、藤野さんの好きな物を食べに行きましょう……」

恭介に促《うなが》された亜耶は、資料室を出たのだった。


「──お疲れさまでした」

ふわりと笑みを浮かべる恭介のグラスに、亜耶はそっと自らのグラスを合わせた。

(課長と二人きりで食事なんて夢みたい)

上機嫌な彼女の唇からは笑みが零《こぼ》れて止まらない。

目の前にはプロシュートの盛り合わせと、白身魚のカルパッチョが並んでいる。色鮮やかなグリーンリーフがさらに気持ちをワクワクさせた。

「すみません、私は明日朝が早いのでお酒は飲めませんが……」

合わせたグラスは二人ともペリエだけれど。

「……いえ、夕食をご一緒できて嬉しいです。……あの、お腹空《なかす》きました。食べてもいいですか？」

亜耶の言葉に、恭介は眼鏡の奥の目を細めて柔らかい表情を浮かべた。

「ええ、私もお腹《なか》が空《す》きました。食べましょうか？」

手を合わせていただきますと小声で言う恭介に、亜耶も手を合わせていただきますと返す。恭介はさりげなく盛り合わせになっていた前菜を取り分けてくれた。彼はこんなところまで完璧だ。

「課長って紳士ですよねえ」

「からかわないでください。実は学生の頃、ホテルのレストランでバイトしていたんですよ」

思わず褒《ほ》めると、照れた顔をして笑う。

つい頼まれてもいないのに取り分けてしまうんですと、彼は肩を竦《すく》めた。

言われてみればカトラリーの使い方も慣れている。食事をとる仕草もイメージどおり綺麗で、やっぱり見惚《みと》れてしまう。

「そうだったんですね。職場でも、いつも仕草が綺麗だなって思っていて……」

ちょっとだけ頬に熱を感じつつ、亜耶は「実は密《ひそ》かに見惚《みと》れてました」と告白する。すると恭介は、困ったように笑った。

でも、どこか嬉しそうにも見える。

その笑顔は控えめで押しつけがましさがなく、恭介への評価は上がるばかりだ。

「藤野さんは学生時代、アルバイトはしていたんですか？」

「……はい……」

言葉を交わしながら、亜耶はそっと目の前の人を見上げた。

きちんとしたスーツ姿にも、優しい表情にも、緊張している自分の言葉をゆっくりと聞いてくれる様子にも、気持ちが安らぐ。

そもそもこちらの気持ちを無視して、グイグイ押してくるタイプの男性が亜耶は苦手なのだ。大人しそうに見られるせいか、その手合いの男性に強引に口説《くど》かれることが多く、ほとほと嫌気がさしている。

（強気で迫《せま》ったらなんとかなるって思われているんだろうな）

でも目の前の素敵な人なら、もう少しグイグイ来てもらっても全然構わない。というか来てほしい。

亜耶は憧れの彼とどうやって距離を縮めればいいのか、困っていた。そもそも自分から男性に迫《せま》ったことなどないのだ。

（やっぱり……この間のこと、課長は覚えているんだ、よね）

その上でこうやって誘ってくれるってことは……嫌われてはいないのだと信じたい。

でも、今日お酒がなしなのは、酒癖が悪いと思われているせいだろうか？

たっぷりとラグーソースの絡まったリングイネを口に運びながら、そっと恭介を見る。途端、ニコリと笑みを浮かべた彼に、美味《おい》しいですか？　と聞かれた。

「お、美味《おい》しいです……」

一挙手一投足を見守られているみたいで、なんだか恥ずかしい。

どこか甘い視線にドキドキしつつ、食事は進んでいった。

お酒を飲んでいないのだからラストはデザートを食べてくださいという、すすめ上手の恭介の言葉に甘えて、うっかりジェラートとミニケーキの盛り合わせまで食べる。

「ふぁあ、美味《おい》しかったです。食べすぎちゃった……」

思わずニコニコと笑顔を向けると、彼も笑い返してくれた。

（課長とデートしたら、こんな幸せな気持ちになるのかなあ……）

ご馳走《ちそう》してくれた恭介に恐縮しながら、亜耶は幸せな気持ちで店を後にしたのだった。

＊＊＊

その晩。

亜耶は自室のベッドの上でうつぶせに寝転がったまま、ジタバタと暴れていた。

「あああああああっ」

「なんだか、すごい、幸せだったなあああ……」

憧れの人のさりげないエスコートは心地よかったし、優しく素敵な笑顔を独り占めできた。亜耶は、とっても幸福な時間を過ごしたのだ。

しかし、ふと思う。

（でも……なんで急にあんなこと……）

資料室で唐突にされたキス。

確かに帰ってほしくないと、彼を引き留めたのは自分だ。でも、なんであああいう雰囲気になったのかは分からない。

ぽすんと枕に顔を落として、今日の記憶を一つ一つ思い出す。

恭介と触れ合った唇、抱きしめてくれた腕とその腕の中で嗅《か》いだ香り。くしゃりと髪を撫《な》でてくれたこと。

（嫌われてはないよね、きっと）

色々なことがあって戸惑《とまど》ってはいるけれど、今はその事実だけで十分だ。

それに……二人きりで過ごした時間。彼が美味《おい》しそうに食事を食べる綺麗な仕草。亜耶のくだらない話を聞きながら、返してくれる微笑《ほほえ》み。

もちろんそれらが全て、好きな人にだけくれるものだったら一番いいけれど、もしそうでなかったとしても……

「んーーーー。すっごく幸せだったからいいか」

（課長とデートだもんね。あれはデートだってことに決めた）

明日早苗に、残業のお礼として恭介に食事をご馳走《ちそう》になったと報告するのを楽しみにして、亜耶はにんまりと眠りにつく。

だが、めったに立たない死亡フラグが、恭介に関しては短期間に二度も立った異常さに、彼女はまだ気づいていなかった。

＊＊＊

恭介に新しいフラグが立つことなく、数日が平穏に過ぎた。

（課長は今日もカッコいいけど……これから先、どうなるんだろう……）

中途半端に近づいたかと思えば、元に戻ってしまった自分と彼との関係。遊び相手だと思われているのか、それとも一歩進んだ仲に発展しうるのか。

（でもなあ。……ないよねえ……）

内線電話で打ち合わせしている恭介をじっと見つめていると、ふと彼がこちらを見た。慌てて亜耶は手元の卓上カレンダーに視線を落とす。

あの後も彼は亜耶に対して今までどおり上司として振る舞っており、仕事以外の会話をすることはない。

だから期待薄だと分かっている。

「あ。あれから一週間か……」

あの飲み会の日の翌日に、備品のチェックをした。一週間経ったので、また備品のチェックをしないといけない。ついでに不足品の発注をかけておこうと、亜耶は席を立った。

「――あ、藤野さん、備品チェックに行くなら、ついでに営業部によって、二課の山口《やまぐち》さんにこの書類を渡してきてもらえますか？　書類不備があるので修正するように、と。本人がいなければ、メモをつけて置いてもらえれば……」

電話を終えた恭介が、Ａ４サイズの封筒を持って歩いてくる。慌てて受け取りにいき、亜耶はにっこりと笑みを返した。

「営業二課の山口さんですね」

「ええ、余計な手間が増えてすみません。よろしくお願いします」

またしても整った彼の顔と、この間触れた唇に視線を向けそうになり、亜耶は慌ててごまかすように頭を下げる。

「行ってきます」

そう言って、顔が赤くなる前に総務課のフロアを出た。そのままエレベーターに乗り、別階の営業部に向かう。

案の定、社外に出ていた山口の代わりにアシスタントの女性へ書類を渡し、戻り次第書類を修正して恭介に提出するようにと伝えると、倉庫へ移動した。

（とりあえずこの分だけ発注をかけたらよさそうだな……ってあれ？）

あれこれとチェックをしていて、備品倉庫に経理課専用の未使用ファイルがあることに気づく。

このファイルは通常、倉庫にしまわれることはない。

（これ、なんでこっちに来てんだろ。まあ……隣のフロアだし、間違って使われても面倒だよね）

亜耶はファイルがたっぷり詰《つ》まった箱を持つ。

「って、これ見た目以上に……おっも……」

手をかけるところがなくて持ちにくい段ボールの箱の底を両手で支え、フラフラしながら倉庫を出る。

「あれ、亜耶さん、なんかめっちゃ重そうですね」

そこでかけられた陽気な声に、亜耶は視線を上げた。

「……佐藤……さん？」

そこにいたのは、この間新しくこのエリアの担当になった宅配業者の彼だ。

「やだな～。尚登って呼んでくださいよ。俺も亜耶さんって呼ぶんで。ってか、もう呼んじゃってますけど。それ重そうですね。俺、持っていきますよ」

長い手を伸ばしてひょいと箱を持ち上げると、彼は亜耶の隣を歩きはじめた。

「あの……すみません」

「いや全然。これ総務課に運んだらいいんですよね。こんなんだったらいつでも手伝うんで声掛けてください」

少々距離が近く警戒心を抱かせる彼だが、二人きりのエレベーターではそれほど近づきすぎることはない。それでいて明るく無難な会話を続けてくれる。

(ふぅん。最初の印象より……いい子かもしれない)

ちょっと見直した。

「――へえ。じゃあ亜耶さんは俺より五歳上なんですね。ぜんっぜん見えないですけど」

その言葉に、亜耶は苦笑する。

ようやく二十歳《はたち》になったばかりの彼に名前で呼ばれ全然年上に見えないって言われたのを、どう判断したらいいんだろう？

「いやいや、年相応に老《ふ》けてますよ～」

そう言いつつ、身長の高い尚登の隣に立っている自分の姿をエレベーターの鏡で確認する。

地味な色のタイトスカートにスーツ。呼び出されたら即、走り回れる踵《かかと》の低い靴。長い髪は裾《すそ》に緩やかなウェーブが掛かっているが、今は無造作に後ろで束《たば》ねている。

残念ながら美人とは言われないけれど、可愛いなら数度言われたことがある。

まあつまり、普通の容姿なのだ。

けれど胸はある方なので、スタイルは数少ない自慢できる部分だ。もっとも見せる相手もいないし、知っているのは温泉に一緒に行く女友達くらいだが。

「でもホント、可愛いですよね。亜耶さん」

鏡に映った自分の姿を見てニッコリ微笑《ほほえ》まれ、亜耶は微妙な気持ちになる。

(やっぱり五歳も年下の子に可愛いとか言われても全然ピンと来ないけど)

褒《ほ》められた時ってどういう顔をしたらいいんだろうか。亜耶が真剣に悩みはじめた時、ポンと小さな音がして総務課の階で扉が開いた。

「あれ。ナオトくん、亜耶と一緒でどうしたの?」

廊下を抜けて、経理課フロアに向かっている途中、総務課フロアを歩いていた早苗が目ざとく二人を見つけ声を掛けてくる。

「これ、倉庫にあったんだけど、経理課の専用ファイル。間違って使われちゃうと困るから、こっちに持ってこようと思ったら、結構重くて。偶然通りかかった佐藤くんがここまで持ってきてくれたの。……なんかお礼しなきゃ」

事情を早苗に説明すると、尚登が笑う。

「お礼……うーん。実は俺、今日誕生日なんですよっ。めっちゃお祝いしてほしいなあ。ちなみに今日は早く上がる予定なんで、五時以降は暇なんです~。なのに予定がないの、亜耶さ~ん、俺、サミシーナー」

するると、早苗が亜耶の肩に手を置いてにっこりと笑みを浮かべる。

「うーん、流石《さすが》に亜耶と一対一で出かけさせるのはちょっと時期尚早《しょうそう》かなあ……。仕方ない。私も付き合ってあげよう。ってことで、三人でご飯でも食べに行こうか」

内緒話でもするように尚登の耳元に手のひらを添えて、そう囁《ささや》いた。

「マ、マジですかっ。言ってみるもんだなあ。行きたい！　行きたいっす。俺、今年祝ってくれる人いなくって。せっかくの早上がりがめっちゃ切ない感じだったんで。じゃあ、五時に一階フロアの受付のあたりで待ってます。亜耶さんとのデート、めっちゃ楽しみ♪　じゃ。また後で！」

こっそり話した早苗とは対照的に、尚登はフロア中に響き渡る大きな声でしゃべって去っていく。

そのとき、ふいに亜耶と恭介の視線が交わった。が、次の瞬間そっと逸《そ》らされる。

「え……あの？」

早苗と尚登の話についていけなかった亜耶が間の抜けた声をあげた時には、尚登は既《すで》に総務課にはいなかった。

第三章　暴走するフラグと、鬼畜な課長の本性？

「じゃあ、ナオトくん、今日はオメデトー。またねえ」

「佐藤くん、おやすみなさい」

時刻は夜九時前。尚登と一緒に飲みに出掛けた亜耶たちは、明日も仕事ということで、あまり遅くならない時間にお開きにした。

「亜耶さ～ん。俺、家まで送りますよ～」

ちょっと顔の赤い尚登に、亜耶は慌てて顔を横に振る。

「ううん、大丈夫。私、早苗と帰るから。佐藤くんは電車でしょ。私たち、地下鉄だし。またね～」

そう言ってほろ酔い加減の尚登を改札に追い立て、早苗と二人で地下に進む。けれど、その瞬間。

（――なんで？）

ふと目の前の光景が歪《ゆが》み、脳裏に映像が浮かんだ。

（……課長？）

それは、恭介が駅のホームに向かう長いエスカレーターに乗っている映像だった。前と同様、緑のフィルターがかかっている。

彼が乗るエスカレーターの数段上に、女性がキャスター付きのスーツケースを置いていた。そして彼女が位置を直そうとしたことでバランスを崩した重そうなスーツケースが、彼に向かって落下する。

（危ないっ）

思わず亜耶が目を細めた瞬間、スーツケースがぶつかって恭介は足を踏み外し一気にエスカレーターを転げ落ちていく。

亜耶はきつく眉を寄せると、無意識に足を止めた。

「……課長……」

（今日は……どうしてたっけ？……）

亜耶が営業部に持っていった書類の提出期限は、今日だったはず。営業部の人達は帰ってくる時間が遅いことが多いので、書類が戻るのを待ってから取り纏《まと》めをするなら……

（きっと……まだ残業してそうな気がする）

今見た光景は、これから帰る恭介の様子だと考えられる。

だったら、まだ間に合う！

「あの、早苗、私っ」

「どうしたの？」

突然大声を出した亜耶を訝《いぶか》しむ早苗に、慌てて答える。

「ゴメン、私。定期のパスケース、会社に置いてきちゃったみたい……。取りに行ってくる。どうせ地下鉄は逆方向だし、早苗は先、帰ってて」

それだけ言い、亜耶は長い髪をなびかせて踵《きびす》を返す。

（課長……まだ会社にいてください！　絶対に死んじゃ、イヤですっ）

ひたすらそう願い、夜の町を駆けて、会社に向かったのだった。

＊＊＊

「……はぁっ……はぁ……か、課長？」

駅から一気に会社まで走って戻り総務課のあるフロアに着くと、奥の一か所だけ灯りがついていた。

そこは普段、総務課長である恭介が座っている席だ。

その状況を確認した瞬間、亜耶はほっとして膝《ひざ》に手をついた。それでも恭介の無事を確認しようとすぐに顔を上げる。

「……藤野さん？　どうしたんですか。忘れ物……ですか？」

肩で呼吸をする亜耶を見て、恭介は目を瞬《またた》かせた。

「課長……よかった。まだ残業してらしたんですね」

「……ええ……あの」

感極まった表情で自分を見つめる部下に驚いたように、恭介は座席から立ち上がる。

走ったせいで一気に回ったアルコールの酔いに任せて、亜耶は彼に歩み寄っていく。

「あの……何かあったんですか？」

「よかった……無事で」

びっくりした顔をされても、呆《あき》れられても、ちゃんと生きている恭介に会えてよかった。亜耶は安堵《あんど》に涙を零《こぼ》す。

目の前に立つ大事な人を見上げ、彼の手を捉《とら》えてその存在を確認するよう両手でぎゅっと握りしめた。

「あの……えっと……無事、ですか？」

当然、恭介には意味が全く理解できないだろう。呆然とした彼の顔を見た瞬間、現実が戻ってくる。

亜耶はなんと説明をしていいのか分からず、言葉に詰《つ》まった。

「あの……課長、お仕事はもう終わりですか？」

先ほど見えた、彼の映像は今も消えていない。

なんとかしてこのフラグを折らなければという気持ちだけで、亜耶は必死に会話を続ける。

恭介は息をはいて、そんな彼女を見つめ返した。

「ええ、先ほど終わって、今帰ろうかと思っていたところなのですが……」

「……ああ、それだ」

亜耶は眉を寄せて深いため息をつく。

「……え？」

これから帰るところだからまだ緑の映像が消えないのだ。亜耶は心の中で納得する。今帰ったら、あのフラグが成立してしまう。

「あの……藤野さん？　何が『それ』なんですか？」

意味が分からない、という顔の恭介の手を握りしめ、亜耶は咄嗟《とっさ》にその手を自らの胸元に寄せる。そして上背の高い彼を上目遣いに見上げた。

「あの……課長。もう少しだけ、私と一緒にここにいてください。お願いです。このまま帰らないでください……」

彼を失いたくない。

潤《うる》んだ瞳でひしと見上げて、泣き声まじりに懇願《こんがん》する。

「い、いや、明日の仕事もありますし、そろそろ帰らないと……」

焦《あせ》っているらしい彼の言葉に、亜耶は必死で首を左右に振った。

「ダメですっ」

思わずあげた悲鳴みたいな声が、誰もいないオフィスに響く。

「ごめんなさい、あの。本当に今、帰っちゃダメなんです」

不思議そうな顔の彼は、机の上の書類を片手で片付けはじめている。このままでは帰ってしまいそうだ。

「お願いします。あの……課長が帰らないためだったら、私、なんでもします。そのくらいダメなんです」

（……とにかく。課長の死亡フラグは絶対に折らないと……）

恭介がこの世に存在しなくなるのは耐えられない。

（きっと課長だって、やりたいことがまだまだいっぱいあるはず。なのに死んでしまうなんて、絶対にダメ）

必死な亜耶の顔は紅潮《こうちょう》し、目の縁《ふち》いっぱいに涙が溜まる。

「私……課長がいないとダメなんです……」

（大好きなんです。だから、ダメ。絶対にダメ）

気持ちが高まりすぎて、瞬《まばた》きと同時に涙が零《こぼ》れ落ちた。頬に一筋流れる。

その刹那《せつな》、恭介の目が妖艶《ようえん》に細められた。

それは……あの日、亜耶が浴室に飛びこんだ時の彼の表情を想起させる。亜耶はゾクリと身を震わせた。

「なんでもする……って……貴女《あなた》って人はどうしてそうなんですか」

くっと噛みしめられた恭介の唇から言葉が零《こぼ》れる。亜耶が握りしめていた手は外されて、代わりに彼に手首を捉《とら》えられていた。

「あっ……」

あの時、亜耶は一瞬で彼に捕獲され、そのまま貪《むさぼ》り食《く》われたのだ。

……浴室での記憶をありありと思い出した彼女は、微《かす》かな恐怖と危機を感じる。

でも、それを超えるほどの甘い誘惑を、彼の鋭い視線に感じてもいた。

「……藤野さん、貴女《あなた》は若い男の子と飲みに行ってたんじゃないんですか？」

そう問う声は冷たい。

多分、尚登のことを言っているのだろう。だけど……早苗と三人で出掛けたことで、どうして恭介の声がそんなに冷たくなるのか。その理由は理解できない。

「簡単に男性と二人きりで出掛けたりして……しかも貴女《あなた》、安易に今、私に『なんでもします』なんて言いましたね」

二人きり、じゃない。そう亜耶が否定するより前に、恭介は手首を握りしめたまま、亜耶の目を睨《にら》みつける。

「その言葉の意味、ちゃんと分かっているんですか？　だったら……あの日みたいに、私を帰さないために、ここで、なんでもしてくれるんですか……？」

「え？」

驚いて声を上げた亜耶の肩を捉《とら》えると、彼は自分の机に押し付ける。臀部《でんぶ》を机に押し付ける形になった亜耶は、そのまま追い詰《つ》められるように腰を机に預け、彼を見上げる体勢になった。

「あの……課長？」

「私に帰ってほしくないのなら、腰を上げて机に座ってください」

綺麗に片づけられた恭介の机には、余計なものが置かれていない。しかも部下の様子を常に確認できるようにと、周囲にはパーテーションもなく広々としている。

亜耶はぐいぐいと押しこまれ、爪先立《つまさき》ちで机に腰かけた。

「上手にできた。藤野さんは本当にいい子ですね……」

そう囁《ささや》きながら、恭介が顔を近づけてくる。手首を押さえこまれ、逃げる間もなく亜耶は唇を塞《ふさ》がれた。

「んんんんっ」

目を開けたままだったことに気づき、亜耶は慌てて目を閉じる。

(――あれ、なんで私こんな状況になっているの？　ちょ、ちょっと冷静になろう……)

現状を認識し、まずは恭介の腕から逃《のが》れようとした瞬間、押さえこまれていた手首が解放されて、代わりにもう一度キスをされていた。

「ふぁ……ん」

心地よさに力が抜ける。

再び唇が離れたかと思うと至近距離で視線が合った。

(なんか……これって結構エッチな状況？　でも、でもでも、真面目な荻原課長だし、ここ会社だし……ないよね？)

彼に触れられる心地よさから思った以上に危機感が湧かない自分に不安を覚えつつ、亜耶は目の前の人に訊《たず》ねる。

「えっと……これはどういうシチュエーションなんでしょうか？」

(二人きりしかいない総務課のフロアで、課長の机に座らされて、キスされて抵抗する気力がなくなっている私、ですが……)

そこまで状況を認識しつつも、目の前の秀麗な顔をじっと見つめてしまう。

すると彼は問いに答える代わりに自身のシャツのボタンを片手ではずし、顎《あご》を上げネクタイに指を掛けて荒っぽく引き下げる。そして、ふっと眼鏡の奥の艶《つや》めいた瞳を細め、亜耶に視線を投げた。

(うわ、課長ってば、なんか……めちゃくちゃセクシーでカッコいい……)

そんな場合じゃないのに、亜耶は見惚《みと》れてしまう。

(ってちょっと待って。あれ、こんなシーン、どこかのエッチな漫画で見た気がする。その後どういう展開だったっけ?)

そんな見当違いのことを考えている彼女に、恭介は唇を歪《ゆが》めて笑った。

「どういうシチュエーション? そうですね。『なんでもしますから』なんて破壊力満点のセリフを、深く考えずに男の前で口にする粗忽《そこつ》な部下に、そういうことを言うとどうなるのか、教えてあげないといけない上司、というシチュエーションです」

(そうだ、あの漫画の場合、オフィスで野獣になっちゃった上司に襲われて、ヒロイン、あんあん言わされちゃって、それで……)

「そ、それってどんな状況ですかっ」

「もうおしゃべりはいいでしょう? そろそろ静かにしていただけると助かります」

伸びてきた手が亜耶の顎《あご》を捕らえ、親指が唇をなぞる。

考えられないほど色香を増している恭介に、亜耶は完全に意識を奪われた。

彼が綺麗に整えられた己の髪をクシャリと掻《か》き乱す。はらりと乱れた前髪が目元に落ちる様子はすごく艶《つや》っぽい。

それを鬱陶《うっとう》しそうに指先で払い、流し目まじりにこちらを見下ろす彼に、ゾクゾクと甘い戦慄《せんりつ》が背筋を駆けあがった。

（あ。素敵すぎ。もうダメかも……）

あっさりと理性が白旗を上げる。

だって容姿も含め、亜耶は元々、彼のことが全部好きすぎるのだ。

ゆっくりと口角を上げて、普段とは全く違う、どこかサディスティックな笑みを浮かべる目の前の男。彼を見た亜耶の体が頭より先にこの間の夜を思い出す。子宮の奥が疼《うず》き、ゾワリと甘い感覚があっという間に全身に広がった。

（ああそういえば、あの日の課長って……めちゃくちゃ色っぽかった気がする）

それは今まで亜耶が知らなかった彼の姿だ。けれど、その姿だって、結局亜耶を虜《とりこ》にしてめろめろにしてしまうのだ。

きっと彼には亜耶を惹《ひ》きつける不思議な引力があるのだと思う。だってこうしているだけで、触れられたくてたまらない。

この間の記憶は曖昧《あいまい》なのに、体ばっかり彼を覚えている。

（私、そんなに軽い女じゃないと……思うんだけど……）

簡単に体を許してくれないという理由で振られた経験もあり、真面目で身持ちが固いと、女友達にも口を揃《そろ》えて言われるくらいなのに。

(なんでこんなことにっ)

亜耶が戸惑《とまど》っている間に、彼の唇が首筋へ押し当てられる。

「やっ……ダメ」

咄嗟《とっさ》にそう声を上げると、彼は唇を離し、切なげな表情で見下ろしてきた。

「これ以上は……ダメですか？　でしたら……」

「いや。ダメです。帰っちゃダメ！」

(も、いい。身を挺《てい》してでも課長を守る。絶対にフラグが折れるまで帰さないんだからっ)

——課長のためなら、私の体の一つや二つ、弄《もてあそ》ばれちゃっても構いませんっ。

気持ちが定まると、亜耶はまっすぐ恭介を見上げる。そして彼の腕に手を添え、じっと潤《うる》んだ瞳を向けた。

「……私、課長になら、何をされても構いません。本当にそう思っています……」

「……また……そんな……」

ふっと小さく吐息《といき》を零《こぼ》した恭介が、複雑な笑みを浮かべる。

「だから……藤野さんがどう思っているかは知りませんが、私だって上司である前に男なんです」

熱を帯《お》びた低い声に、亜耶の心臓がきゅっと締めつけられる。切羽詰《せっぱつ》まった声が、お腹《なか》の奥に響いていてたまらなかった。

切ない鼓動が高まっていく。

（……私、なんかおかしくなってる……）

「……そんなに私を試すようなことばかり言って。本当に分かっているんですか？　今ここでどんなことをしたいと、私が思っているか……」

ゆらりと彼の瞳の色が揺らぐ。その奥に仄暗《ほのぐら》いモノを宿した彼はゆっくりと亜耶を押し倒し、机の上に縫いとめた。そのまま唇が亜耶の首筋を這《は》う。

「あっ……はぁ……んんっ」

ぬるりとした舌が首筋を舐《な》め上げ、ついでちゅっと微《かす》かな音を立てて耳朶《じだ》にキスが堕《お》ちてきた。

亜耶は思わず漏《も》れそうになった甘い声を、咄嗟《とっさ》に唇を噛みしめて抑えこむ。

「……場所が場所なので、今日はそうしていただけると助かります。どのフロアに誰が残っているのか分かりませんから……」

耳元でくすりと笑う声はどこかサディスティックだ。

ああ、そういえばベッドの上では、そういう人だったかもしれないと、亜耶はあの日の記憶を薄く思い出していた。

「……あまり、時間がありませんね。どこまで……できるか試してみましょうか？」

ちらりと彼が視線を腕時計に落とす。そのまま腕時計を嵌《は》めた手が、亜耶の胸元のボタンを一つずつ外していく。

ぷつん、ぷつんという感触すら胸の鼓動を高まらせた。

「本当に……藤野さんはイヤラシイ体をしてる」

「いやっ……」

大きく開いたシャツの隙間からするりと手が入り、背中側で簡単にホックを外す。ブラの胸を覆《おお》う部分に指先を引っかけ、彼は亜耶の胸を露出させた。

「ほら、キスだけでもう勃《た》ちかかっている。見た目だけでなくて中までイヤラシイんですよね……」

下から掬《すく》い上げるように胸を覆《おお》う手の人差し指が伸びて、コリと赤くなった蕾《つぼみ》を弾《はじ》く。

「ぁあ……んっ」

「声をあげられては……困ります」

そのまま唇が重なり、舌を挿《さ》しこまれた。キスで口封じをした彼は、親指と人差し指で、コリコリと尖《とが》る蕾《つぼみ》を弄《もてあそ》ぶ。

「ふっ……んぁ……んんっ……」

大きくて大好きな手が胸を覆《おお》い、普段冷静にキーボードを叩《たた》く指が、亜耶の淫《みだ》らな突起を転がす。

しかも課長のデスクの上で。

(すごく、いけないことしてる、私)

ふるりと身を震わせると涙が零《こぼ》れそうになる。いけないことをしていると思っているためか、一層感覚が鋭くなっている。

「ふぁっ……」

「時間があまりないですが、できればこちらも可愛がりたいです。自分で声を抑えられますか?」

唇を離して囁《ささや》かれた言葉に、亜耶は目を見開く。恭介は押さえこんでいた手首をそっと離すと、その手を下半身に伸ばした。

「だっ……ダメですっ」

「私にだったら、藤野さんは何をされても構わない、のですよね？」

にっこりと微笑《ほほえ》むのは、普段どおりの穏やかな恭介だ。けれど眼鏡の奥の瞳は欲望に煙《けぶ》り、亜耶の肌に向けられていた。

「………っ」

こくりと、つい頷《うなず》いてしまう。そんな亜耶の態度に、恭介の不埒《ふらち》な手はストッキングに伸びた。

「やっぱり、そっ、それはっ……ダメですっ」

「……破かれるのと、脱がされるのと、どっちがいいですか？」

（そ、その二択しかないんですか？）

そう亜耶が問う間もなく、恭介は目元を緩める。

「この間は破りましたから、今日は脱がせましょうか？」

（そ、それって……この間のシャワーのことですかっ）

再び聞く間は与えられず、腰を抱きかかえられた亜耶はスカートのファスナーを下ろされた。

するりとスカートを抜かれ、ストッキングを剥《む》かれて、するすると膝《ひざ》まで下ろされる。

（な……なんか、手慣れて……る？）

真面目な人だと思っていたのに、エッチ方面でもできる人だったんだなどと、動揺でワタワタしているうちに、気づけば彼女はあられもない姿にされていた。

「……今、誰か来たら困りますね」

恭介がくすっと笑って、つぅっとショーツのクロッチを撫《な》でる。

「……それなのにもうこんなに濡れて……ほんとうに困った人だ」

指が下着越しに滑ると、くち、と微《かす》かな音が漏《も》れた。

「やっ……、な、なんで？」

無意識に声があがる。

ショーツは、湿《しめ》っているなんて言葉では説明がつかないほどの潤《うる》みを湛《たた》えていた。

「……貴女《あなた》が感じやすくて、イヤラシすぎる体の持ち主、だからですね。きっと」

するりと左足のストッキングに彼の指が掛かり、ストッキングの間に入りこむ。撫《な》でるようにそれを脱がす指先に、亜耶は思わずゾクンと体を震わせた。

ストッキングが引っ掛かり、コトンと音を立ててパンプスが床に落ちる。

するりと足裏を彼の指が撫《な》でた。

はっと上げた視線の先では、裸足《はだし》の爪先《つまさき》が露《あら》わになっている。

「どこまで覚えていますか？　あの日のこと……」

そう言って覗きこむ彼の目はどこか切なげで、思わずきゅんと胸が疼《うず》いた。そうだ、自分は覚えていないふりをしていたのだ。

「……あまり……覚えて……」

咄嗟《とっさ》にそう答えると、彼の瞳がすぅっと細められる。

「覚えていないんですか？　私がシャワーを浴びている時に服を着たまま入りこんできて……」

（うわっ。それは言わないでほしい）

思わず亜耶は視線を泳がせた。

「……悪い子だ。やっぱり覚えているじゃないですか。帰ってほしくないと私に抱き着いて。その後、貴女《あなた》に煽《あお》られた私に着衣のまま犯された……」

あの時はストッキングを破ってしまってすみませんでした。もう我慢の限界でしたので。弁償しないといけませんね。

そう言いながら、くくっと笑い、恭介は胸の尖《とが》りをちゅくりと舌先で転がす。

「ひぁっ……ん、んっ」

ねっとりとした舌が胸の蕾《つぼみ》に絡みつき、ついで甘く噛む。瞬間、ヒクンと体が跳ね上がる。

高い声が漏《も》れそうになった亜耶は、両手で口を塞《ふさ》いだ。

「あの時に、貴女《あなた》のココに痕《あと》を残したことは覚えていますか」

彼が亜耶の膝裏《ひざうら》に手を回し、下肢を大きくM字に開かせる。

「やっ……やめてください、そんな……恥ずかしい、の」

涙目で見上げると、彼は何も気にしていないように笑った。

「ほら、ここに……私が貴女《あなた》とこうしたことが分かるように……」

ゆるりと指先が撫《な》でるのは、ショーツのすぐ横。蜜口《みつくち》の隣だ。そういう関係のある人にしか絶対に見せることのない、秘められた場所……

「あっ」

うなじを持ち上げて、よく見えるように姿勢を固定される。

亜耶は恥ずかしい格好をさせられたうえで、恥ずかしい場所につけられた薄く残る赤い痕《あと》を見せつけられた。

まったく……覚えてない。

亜耶はふるふると顔を左右に振る。

「とぎれとぎれにしか、覚えてないってことみたいですね。ああ、もう……薄くなって消えそうだ」

そう言うと、彼は同じ場所に唇を寄せる。

チリッとする痛みと同時に、胸と、何故《なぜ》かお腹《なか》の奥がきゅんと疼《うず》く。

彼が唇を離し、再びつけたキスマークを満足げに指先でなぞった。

「消えないうちに、もう一度、痕《あと》をつけられてよかった。今度はちゃんと覚えていてください。……自宅にいる時も、仕事をしている時も、私がつけた淫《みだ》らな印《しるし》が、貴女《あなた》と共にいますから。……貴女《あなた》が私のものだという証《あかし》がここに」

満足げに微笑《ほほえ》み、もう一度腰を抱え足を閉じさせる。

「あっ……あのっ」

次の瞬間ショーツに手が掛かり、簡単にはぎとられていた。とろりと蜜《みつ》が太腿《ふともも》につき、どれだけ自分が感じているのかを、亜耶は思い知らされる。

「藤野さんは本当に感じやすいですね。こんなにいっぱい濡らして待っているなんて。あの日のことを思い出します。『課長、もっといっぱいください』ってエッチな蜜《みつ》を垂れ流しながら私に縋《すが》りついて啼《な》いて、本当に欲望に素直で可愛くて……」

(ちょっ……覚えてない。私、何しちゃってたの!)

焦る亜耶を無視して、彼は顔を秘裂に埋《うず》めた。

「やっ……ダメです。あの、綺麗じゃない……のに……ひぁっ……んっ」

ちゅく。淫《みだ》らな音がして、熱い舌が潤《うる》んだ秘所を舐《な》めとる。

なまめかしい舌の動きに、亜耶はピクンと体を震わせ、思わず上がりそうになる声を必死に抑えた。

「……しっかり声を我慢していてください。バレたら不味《まず》いですからね」

視線だけこちらに向けて彼が話すと、濡れた秘裂に熱っぽい呼気が伝わる。亜耶はそれだけでピクピクと体を跳ねさせた。

「……ほんと……藤野さんはエロすぎて困る。覚えていますか? ……あの時もベッドで貴女《あなた》のココを、散々口で苛《いじ》めたんですよ。舐《な》めても舐《な》めても蜜《みつ》が溢《あふ》れて。いっぱい舐《な》めてあげたら、今みたいに恥ずかしがりながらも、エロくヨガって啼《な》いて、おねだりして。あの夜の貴女《あなた》は最高に可愛かった。ほら、今だってこんなに……」

それだけ告げると彼は目を伏せて、亜耶の感じやすい芽を舌先で掘り起こす。ぴちゃぴちゃと猫がミルクを飲むような音がどれだけ秘所がはしたなく濡れているのかを伝え、彼女の羞恥心《しゅうちしん》を更に煽《あお》った。

「ああっ……だ、めっ……ぁあっ」

必死に唇を両手で押さえつつ、つい見下ろした視線の先では、彼の長い睫《まつ》毛《げ》が微《かす》かに震えている。

その姿は本当に綺麗なのに、先を細く尖《とが》らせた赤い舌は、亜耶の花芽を味わうようにチロチロと淫《みだ》らに動いていて。

「……どうしましたか？」

秘所にキスを一つ落とし、自分を見上げる彼の視線は男性の欲望を孕《はら》んでいる。それがたまらなく艶《つや》っぽい。

視線を向けられるだけで、ゾクンと体の中の熱量が上がった。

「ダメ、も、イきそ……」

亜耶の声が震えるのを聞いて、恭介は薄く笑みを浮かべる。そのまま亜耶の感じやすい部分を再び唇で食《は》み、じゅっと音を立てて花芽を吸い上げては、言葉もなく、ただ舌と唇で執拗《しつよう》に亜耶を苛《さいな》んだ。

「ひっ……ぁあっ……んっ……んぁっ」

亜耶は唇を指で押さえて声を必死でこらえる。

体の感覚がそこだけになってしまったかのように、快楽が耐えがたいほど高まっていた。

彼の舌で掻《か》き立てられる気持ちよさがぞわぞわと体を巡り、後少しで堪《たま》らなくキモチイイモノが手に入る。その瞬間。

——ぷるるるる、ぷるるるる。

恭介のデスクの上の電話が鳴った。はっと亜耶は目を見開く。恭介は冷静に腕時計を確認すると、ジャケットを脱ぎ、亜耶の体に掛けた。

ふわりと漂《ただよ》う彼の香水の匂いを鼻腔《びこう》が捉《とら》える。その香りに包まれて、寸止めにされた欲望がジクジクと疼《うず》く。

「……はい総務課です。お待たせしました。はい、ええ……いつもすみません。本日、総務課は残業の届けは出してませんので……ええ、私も十時前には退出します。はい、定時に総務フロアのセキュリティロックをお願いします」

普段のオフィスにいる時と変わらない落ち着いた深い声で内線電話に応対すると、彼は電話を切る。そして、いつもどおりの柔らかい笑みを浮かべ、亜耶を見下ろした。

「残念ながら、今日はここまでで時間切れですね。あと十五分でフロア退出しないと始末書を出さなければいけなくなります。……身支度、できそうですか？」

そんな冷静な彼を見上げると、いつの間にやら緑の映像が消え失せている。

亜耶は彼のジャケットで体を隠しながら、こくこく、と頷《うなず》くよりなかった。

＊＊＊

（結局……なんだったんだろう）

恭介と一緒に駅まで行き、亜耶は疼《うず》く体を抱えたまま普通に帰宅させられた。

「うわーん、なんか全部分からないっ」

呆然としたまま入浴し、ベッドの上に下着姿で座りこむ。

ふと気になって胡坐《あぐら》をかき、先ほどの痕《あと》を確認した。

「――っ」

そこには見間違いようもなく、鮮やかな赤い痕《あと》が残っている。それを見た瞬間、先ほどの記憶がフラッシュバックした。

『今度はちゃんと覚えていてください。私がつけた淫《みだ》らな印《しるし》が貴女《あなた》と共にいますから……』

その言葉のとおりになっている。

満足げに彼が残った痕《あと》を撫《な》でたこと。それと同時に帰り際、抱き寄せられて、耳元で囁《ささや》かれた言葉も音声付きでよみがえる。

『今度は、印《しるし》が消えないうちに……』

低くてお腹《なか》に響く甘くてセクシーな声。職場では聞いたことのないエッチすぎる声だ。

……じゃなくて！

(えっと、えっと……それってどういう意味ですかっ！　印《しるし》が消えないうちに何をするんですか)

……何よりその時の声を思い出すと、ゾクゾクする。じわんと体温が上がり、じりじりとお腹《なか》の中が疼《うず》くのだ。……何かが欲しくてたまらない。

(ど、どうしよう……私おかしくなっちゃってるの？)

達する前に電話に邪魔されたせいか、ぞわぞわがずっと治まらないのだ。火照《ほて》って疼《うず》く体を自分でどう慰《なぐさ》めるのかも分からない。

（課長に、次、ここに痕《あと》をつけられる時には、きっと……）

亜耶は体を横たえると、もぞもぞとベッドのシーツを足の指で掻《か》く。

その時のことを想像すると、どうしようもなく体が熱を持って、結局、彼女は眠れない夜を過ごしたのだった。

第四章　大好きでたまらなくて、誘惑する夜

「…………はぁ」

気づけは金曜日。明日は休みだ。

亜耶は今、ミーティングブースで打ち合わせをしている恭介をぼーっと見つめていた。

きりりとした表情でラインを引いて説明しているのは、今、社で購入計画が進んでいる研修施設の件だろう。

（やっぱりカッコいい……けど、この間の、なんだったんだろ……）

あんな展開の後なのに、彼は普段どおりの上司の顔を維持している。しかも、エッチなことをした机で平然と仕事してっ。

いやいやいや、思い出しちゃダメ。思い出したら負けだから。

（課長……あんなことの後なのに、平気なのかな……）

亜耶はあれからできるだけあの机を視界に入れないようにしている。

そのくせ気づけば記憶はあの日の夜に繋がった。

亜耶の素足の根元に顔を寄せてイヤラシイことをしていた恭介の長い睫毛《まつげ》が、銀縁《ぎんぶち》の眼鏡の奥で官能的に震えていたことを思い出して、じわっと熱が顔にこみ上げる。

「あ～やさんっ」

「ひゃあっ」

妖しい妄想をしていたところに、いきなり上から覗きこまれた。亜耶はその人を見上げて、悲鳴をあげかける。

「集荷に来たんっすけど……どうしたんですか？」

そこにいたのは、宅配業者の尚登だ。

一度定時に集荷に来てくれたのに、追加が出て、もう一度取りに来てもらったのだ。

「ごめんなさい。本当なら営業所まで、こっちから持っていかないといけないのに」

亜耶の言葉に、尚登はにっこり笑って首を横に振る。

「全然。よくあることなんで、気にしないでください」

愛想よく笑って荷物を受け取り、チェックを終えた伝票を返した。

「じゃ、失礼し……」

「あ、ちょっと待って！」

こちらの都合で二度も来てもらって悪いから、と他部署を手伝っている早苗から、マフィンを預かっている。

（そうだ、せっかくなら……）

「私も途中まで一緒に行くから」

亜耶は自分の思い付きに従《したが》って、マフィンの入った紙袋を手に、彼の後を追う。

その背中にミーティングをしていた男性からの視線がくっついてきたことなど、亜耶は気づかなかった。

「ええぇ、送ってくれるんすか、やさしーな、亜耶さんは。あ、俺には特別かぁ？」

そう言いながら尚登が恭介へ挑発するような視線を返したことにも、まったく気づかない。

「やっぱ、亜耶さんは俺に愛があるよなあ～」

「愛はないですよっ」

「いや、亜耶さん本人も気づいてないだけですって。絶対」

じゃれあうような会話をしつつ、フロア外に出る。エレベーターホールの自動販売機の前で彼の足を止めさせると、亜耶は缶コーヒーを一本買った。

「はい。これ早苗からの差し入れ。私からはこれ」

マフィンがあるんだもの、コーヒーもいるよね？　そのくらいの気持ちで、可愛い袋に入ったマフィンと一緒にコーヒーを渡そうとする。

その時――

「……亜耶さん、動かないで……」

「へ？」

言われた言葉に一瞬動きを止めると、とん、と肩に手を置かれた。

「うわっ……」

額《ひたい》に唇を寄せられて、吐息がかかる。でも彼の唇は、亜耶の額《ひたい》には触れていなかった気もする。

（な、なんなの？）

「……お礼の気持ちです」

戸惑《とまど》う亜耶を見てくすくすと笑った尚登が、ぽんと頭を撫《な》でた。

亜耶は不自然なほど彼が近づいているのに、怖さも違和感もなかったことに気づく。なんだか可愛がっている弟に悪戯《いたずら》を仕掛けられたみたいな気分になっている。いや亜耶に弟はいないのだけれど。

「な、何するんですかっ」

「じゃ、まいどおおきに。亜耶さん、また明日～」

呼び出していたエレベーターが到着すると、彼は荷物を持ってエレベーターに乗った。

「……あの人、俺にできそうな範囲で煽《あお》っといたんで、後はよろしく。ま。頑張ってね」

「……はい？」

「こっちの都合もあるんだから、さっさと口説《くど》いてもらわないとね、タイミングってものがあるんだし」

「――え？」

落ちそうなほど目を見開いた亜耶の前でエレベーターの扉が閉まり、彼は姿を消した。

（なんだったんだろう……）

突然のことに動揺しつつ、おでこに手をやった格好で、オフィスに戻ろうと振り向く。

「――あれ、課長どうしたんですか？」

すると、ものすごく難しい顔をした恭介が、こちらに向けてゆっくりと歩いてくるところだった。

「い、いえ。メール便が一つあったので、一緒にお願いしようと追いかけてきたんですが……間に合いませんでしたね」

彼は亜耶の横に立ち、エレベーターの階数の表示を確認してため息をつく。だが、その手に封筒などないことに、やっぱり迂闊《うかつ》な亜耶は気づいていない。

「え、そうなんですか？　じゃあ私が佐藤くんを追いかけて……え？」

エレベーターの呼び出しボタンを押そうとした彼女の手を、恭介が押さえた。

「……あの？」

振り向いて彼を見上げると、壁に押しつけられるような体勢になり、亜耶はドキッとしてしまう。

彼は亜耶の耳元に唇を寄せて誘惑の響きのまざった声で囁《ささや》く。

「藤野さん。……今夜、私のために時間を取っていただけますか？」

その声はいつも職場で聞いているものとは違う、甘い蜜《みつ》を含んでいた。亜耶の心臓が一気に鼓動を速める。

もしかして、今、自分は恭介にデートに誘われたのだろうか？　二人きりで？　……それともまさかの残業？

(うーん、やっぱり残業かな？　でも課長と一緒ならいいか)

「はっ……あの……あ、はい。分かりました」

亜耶はそう答える。恭介は亜耶の手を離し、いつもどおりの距離で向かい合うところまで離れた。

亜耶は彼を改めて見上げる。

「受けてくださって、ありがとうございます」

亜耶の了承の言葉に、彼はほっとしたように笑い、先ほど尚登に乱された亜耶の前髪を指先で梳《す》いて直す。まるで、尚登の気配を消すかのようだ。一瞬覗きこんだ視線は普段どおり柔らかいのに、どこか昏《くら》い色をしている。

「……では、六時にこの間の店の前で……」

それだけ言った彼は戻ってきたエレベーターに乗って姿を消す。

(え？　それって……やっぱりデート？　私デートに誘われちゃったの？)

亜耶は先ほどまでの不自然さを忘れて、ふわわわわっと浮き立っていたのだった。

＊＊＊

「……うーん」

週末の金曜日、夕方六時前。亜耶は先日、恭介と食事をしたイタリアンレストランの前に立っていた。

だが店の扉には『本日、貸し切り』と大きく書かれている。結婚式の二次会らしい。その文字を見た瞬間、今日の雲行きが怪しい、と本能的に感じたのだが……

「藤野さん？」

数分後。予定の時間より早く、お目当ての人が来て一気に気分が上がる。

「……あー。すみません。今日は臨時休業だったみたいですね」

いつもの表情ですまなそうに言う恭介を見て、亜耶は慌てて顔を横に振った。

「気にしないでください。おめでたいことだし……どこか他のお店、探しますか？」

亜耶の言葉に彼は頷《うなず》く。

「帰りは送っていきますので、少し離れたお店でも構いませんか？」

そう言うとポケットから車の鍵を出した。

「今日、車で来たんです」

くすりと笑うその表情もやっぱり素敵で。二人きりのドライブなんて……胸がときめくばかりだ。

「はい、どちらにでも、お付き合いします」

にっこり笑ってそう答えると、彼は困ったように目を細める。

「また安易にそんなことを言う。迂闊《うかつ》なウサギは、あっという間にオオカミに捕まって食べられてしまうのに」

意味がよく分からず首を傾《かし》げた亜耶を見て、彼は小さく吐息《といき》を落とした。

「……後で意味を教えてあげます。でもまずは、食事に行きましょうか？」

意味も気になるけれど、今はそれ以上に一緒にいられることが嬉しい。もし自分がワンコだったら尻尾《しっぽ》を振っているのだろうなと考えながら、亜耶は彼の後を追う。

恭介の車は国産のハイブリッドカーだった。

彼らしいと思いつつ、亜耶はその車の助手席にエスコートしてもらって腰を下ろす。

丁寧で安心感のある運転もやっぱり彼のイメージどおりだ。

（あああ、好きになる要素しかない……）

車を運転する彼の横顔を見つめる。こんな風に助手席に座ってディナーに向かうなんて、ちょっと前まで想像もしていなかった。

（やっぱりあの日が運命の日だったのかな……）

なんてあのとんでもない夜のことを思い出して、じわりと頬が熱を持つ。

「……大丈夫ですか？」

そんな彼女の様子に気づいたのか、赤信号の合間に恭介が視線を向けてきた。思いっきり視線が交わり、それだけで……じわっと体が熱くなってくる。

どうしよう、絶対私、おかしい。

挙動不審で怪しまれないだろうか？　そんな思いで視線を返すと、彼は柔らかく笑い返した。それだけでほわんと、気持ちが浮き立つ。

信号は緑になり、彼が前を向いてまたアクセルを踏む。

車は湾岸沿いを走り、街から離れた目立たないお店についた。

＊＊＊

恭介が亜耶を連れてきた店は、隠れ家的な、あまり格式の高くない印象のフレンチのお店だった。窓からは湾岸沿いの景色が見える。

「ここ、夜景が見えるんですね。すごい素敵なお店……」

席に座ると亜耶は窓の外を見つめてうっとりと声をあげた。恭介は柔らかい笑みを浮かべる。

「藤野さんに気に入ってもらえたのだったら、よかったです」

素敵なお店は素敵なお店なのだけれど、と亜耶はあたりを見渡す。少し離れた席にぽつぽつといるのは、いずれもカップルばかりだ。それが気になる。

「あの、もしかして……」

デートの定番のお店なんだろうか。確かに雰囲気もいいし、デートで連れてきてもらえたら、女の子は喜ぶだろう。

「……どうかしましたか？」

「いえ……あの、こんな素敵なレストラン、課長が彼女さんと来られたのかな、って思って」

思わず本音が零《こぼ》れた。

不安を漏《も》らした亜耶に、恭介は困ったように眉を下げる。

「……あの、実は」

亜耶は嫌なことを言われる覚悟をした。何を言われても笑顔を返せるように、あえて緩く口角を上げる。

けれど彼はほんの少し目元を染めて、照れ笑いを浮かべた。

「そんなんじゃないんです……ここしばらく、女性とお付き合いはしていなくて……情けないですね」

その言葉に思わず亜耶は目を見開く。

「ほ、本当ですか？　課長……すごくモテそうなのに」

すごくいい情報を貰った気がする。

つまり彼は今、フリーということなんだろうか。だったら……自分の付け入る隙もあるかもしれない？　いや、絶対その隙に付け入りたいです！　などと、亜耶は内心でガッツポーズを取る。

「ええ、実はこの店も、友人に教えてもらった店なんですよ」

亜耶の気持ちに気づいていないであろう恭介は、今日、この店が空《す》いててよかったと言ってもう一度笑った。

「そうだったんですね。そうなんだ……そか、よかった」

確かに素敵なお店だけれど、彼が恋人と来たお店だったとしたら、やっぱりショックだしと、亜耶は一人で考える。すると恭介は亜耶の顔を見て、優しく眼鏡の奥の目を細めた。

「――腹が減りましたね。藤野さんは何が食べたいですか？」

＊＊＊

「――はあ、お腹《なか》いっぱいです。幸せ」

雰囲気がいいだけでなく、料理もとても美味《おい》しいそのレストランで、亜耶はにこにこ笑いながら食事を終えた。

わざわざこんなところまで連れてきてもらったのは特別扱いされているようで、気持ちが浮き立つ。

車で来たのでお酒はお互い飲んでいない。でも恭介の笑顔だけで、亜耶は半分酔っぱらい、幸せで楽しい気分になっていた。

「ちょっと……お手洗いに行ってきてもいいですか？」

デザートとコーヒーまで片づけた後、お化粧直しがしたいと席を立つ。鏡の前で手早く化粧を直しつつも気になるのは、今後の展開だ。

（今日はこのまま、帰るだけ……なのかな）

グロスを持った手がふと止まる。正直、この後もデートが続くことを期待している。

明日はお休みだし、もう少し恭介と一緒にいたい。まだ帰りたくない。そう言ったら彼は困るだろうか。

席に戻ろうとすると、既《すで》に会計を終えたらしい彼が待っていた。

「私に付き合わせてワインもなしで、すみません」

店を出て彼が言ったセリフに、亜耶は顔を左右に振る。

「あの、お酒がすっごく好きというわけでもないので。料理がとっても美味《おい》しかったですし、デザートも……。何より私、課長と一緒ですごく楽しかったです。……あの、私も支払いを手伝わせてください」

毎回おごってもらっては申し訳ない。既《すで》に会計を済ませていた彼にそう言うと、恭介は笑みを浮かべて首を横に振った。

「何言っているんですか。お誘いしたのは私ですよ。ご馳走《ちそう》させてください」

「……でも、前回もご馳走《ちそう》してもらいましたし……」

（これをきっかけに誘えないかな。やっぱりもう少し一緒にいたい）

ふわりと夜風が二人の間を流れていく。できたら手を繋いだり、腕を組んだり、もう少しくっついて歩いてみたい。そう考えている自分に気づいて、亜耶は赤くなる。

「でしたら……もう少し付き合っていただいても構いませんか？」

長身な彼が背を屈めて、そっと耳元で囁《ささや》く。その声に、彼女はハッと顔を上げた。思いがけず近くに恭介の顔が合って、ドキンと胸が高鳴る。

「も、もちろん。嬉しいです！」

（ああ、また全力本音で応えてしまった）

誘ってもらえたことが嬉しくて、ふにゃりと笑み崩れてしまう。同時にかぁっと熱くなる頬を隠したくて、慌てて下を向いた。

「……実はこの付近に夜景が綺麗に見える場所があるんですよ。以前通りかかった時に見つけたんですが、寄ってみませんか？」

そう恭介に誘われて、再び車の助手席に座る。

ほどなくして、車は海沿いの公園にたどり着いた。

「――暗いので、足元、気をつけて」

恭介がそう声を掛けて、さりげなく手を伸ばしてくれた。

その手にドキドキしながら、亜耶は自らの手を乗せる。

エスコートみたいで照れくさく、視線を彼と合わせては笑みを零《こぼ》す。きっとあと少し歩けば綺麗な景色が見えるはずなのに、手を繋いだまま言葉を失い見つめ合ってしまっていた。

「あ……あの。藤野さん」

緊張している彼の声。それはまるで大事なことを告白する時みたいに思えて、ドキンと胸が高鳴る。

(もしかしたら、課長も私のことを……いやさすがにそれは都合のいい考えか)

亜耶は甘い期待と少しの不安を持って彼の顔を見上げた。

「はい、なんでしょうか」

「藤野さん」

もう一度名前を呼んだ恭介が、真剣な目で亜耶を見つめる。

ドキドキと高鳴る鼓動が激しさを増し、微《かす》かに汗を掻《か》くほどじわじわと体温が上がってきた。頬が紅潮《こうちょう》して、緊張で瞳が潤《うる》む。

本当に、もしかして……そんな期待感が高まり、亜耶は彼の言葉が聞きたくて唇をじっと見つめていた。

「私は、ずっと貴女《あなた》のことが……」

まるで告白のような言葉を耳が捉《とら》えた瞬間、けれど亜耶にはまったく違う光景が見える。彼女は思わず声を上げた。

「……なんで？　なんで今なの？」

「……え？」

目を瞠《みは》った彼に重なっているのは、また緑のオーラに彩《いろど》られた彼の死亡フラグ。

「……どう……したらいいの？」

言葉を漏《も》らしつつも映像に意識を集中する。

（これは……どこだろう。コンビニエンスストアだよね）

緑の映像の中の彼は店内に入ると、冷えたビールを取ってレジに向かう。そして、その後に入ってきた落ち着きのない男性が直接レジに向かった。男性は大声を上げてレジにいた店員に刃物を突き付ける。咄嗟《とっさ》にレジ横にある警報ボタンを押そうとした店員に男性が襲い掛かり、それを止めようとした恭介が……

（外が暗かったから、多分夜のコンビニだよね。だったら今夜、課長が外に出なければいいんだ……）

そこまで分かれば、彼をコンビニに行かせずどこかに足止めすればいいだけだ。

「藤野さん？　大丈夫ですか？」

案じてくれる優しい声を聞いて、亜耶は一瞬目を閉じる。それからゆっくりと顔を上げ、恭介に声を掛けた。

「……課長？」

呼びかけると同時に、口角を上げて微笑《ほほえ》む。最初はぎこちなかったが、徐々に花を咲かせるように、艶然《えんぜん》と。

だって今夜は一晩中、彼をコンビニに行かせないために、誘惑し続けなければならないのだ。亜耶の中で彼を死なせない戦いの幕が切って落とされた。

二人で繋いでいた手を自身の頬に寄せ、恭介の手の甲に頬を摺《す》り寄せる。潤《うる》んだ目を細め、彼の視線を捉《とら》えると、誘惑するみたいに眦《まなじり》を下げて囁《ささや》く。

「お願いします。今すぐ課長の部屋に、私をお持ち帰りしてください」

「…………は？」

(課長、呆《あき》れるかな。それでも……今晩だけは私に誘惑されてほしい)

色気なんて皆無《かいむ》だけど、それでも彼を救いたくて、必死に誘う。

「お願い。課長の好きにしてくださって構わないので……今夜、私を連れて帰ってください」

例の緑のオーラに覆《おお》われた幻影はずっと消えない。血塗《ちまみ》れでコンビニの冷たい床に転がる彼を見ているだけで、胸が張り裂け涙が零《こぼ》れそうだ。

亜耶は恭介の手を両手で包みこみ、必死に懇願《こんがん》した。

「藤野さん？　体調でも悪いんですか？」

亜耶を心配して冷静に返す恭介の言葉に、顔を左右に振って、彼の指を自らの唇に寄せる。それをなまめかしく咥《くわ》えた。

「んっ……」

こんなことでその気になってくれるだろうか。

でもこうされると男性はイヤラシイ想像をしてしまうと、どこかで聞いたことがある。できるだけ淫《みだ》らに見えるように、まるで男性自身を口に含むみたいにねっとりと舌を這《は》わせると、恭介はビクンと身震いをした。眉根を寄せて何かに耐える表情がすごくセクシーだ。

こんな時なのに胸が甘く鼓動する。

「……ダメですか？　今夜は私、課長とずっと一緒にいたいんです……」

「ダメって……藤野さん……」

「お願いします。……私じゃダメですか？」

ぴたりと彼の体に体を押しつけてみた。ドキドキする胸の鼓動も彼に伝わればいいのに。

「今夜は一晩中、課長に好きなようにされて構いません。だから……お願いします」

彼の指先にもう一度キスを落としながら、上目遣いでねだる。すると恭介は、はぁっと熱っぽいため息を零《こぼ》した。長い睫《まつ》毛《げ》を伏せて呟《つぶや》く。

「……分かりました。その代わり、今夜私の部屋に連れ帰ったら、部屋からどころか、ベッドからも一歩も出しませんよ。覚悟してください」

ようやく彼を一晩拘束する許可を得て、亜耶はホッとする。潤《うる》んだ目を細めて頷《うなず》く。

「はい……あの、そうしてほしいです……」

そのセリフを聞いた恭介は、少々荒っぽく彼女を助手席に戻すと、何も言わず車を走らせたのだった。

第五章　消えないフラグと二人きりのベッド

（あああああああ。勢いで色々ヤラカシタ気がするっ。ど、どうしよう……）

せっかくいい雰囲気だったのに、突然見えたフラグに焦《あせ》った亜耶は、恭介に無理やりお持ち帰りしてくれと、自分を押し売りしてしまった。

（一応何度か……あんな風になったくらいだから、課長もちょっとは……その気になってくれたってことだよね？）

でもあんなに迫《せま》られたら、冷静になった後、ドン引きするかも。

（……課長がいい人でよかった！）

恭介に対しての認識が激しく甘すぎる亜耶は、車を運転する彼の横顔を盗み見た。

依然として彼の姿は緑の映像と重なっており、脳内には彼がこと切れる画像が流れ続けている。

（私のことなんてどうでもいい。今は、課長をこの運命から救わないと）

頭がすぅっと冷静になっていく。今までの自分の経験からいって、彼のフラグが今日の夜起きるのは間違いない。

店に入っていく彼は一人だったから、きっと自分と別れた後のことだ。

（ダメ、今夜はどんなことをしても、彼をコンビニには行かせない）

でも彼に今夜コンビニに行かないで、なんて訳の分からないお願いはできない。だったら、彼を一晩引きとめればいいのだ。

正直、自分の色仕掛けが彼に効果があるかどうか分からない。でも、必死にお願いしてみよう。

今夜は彼の家に連れて帰ってもらって、それで一晩中、彼を外には出さない。コンビニになんて絶対に、絶対に行かせない！

（私程度の経験値で、できるか分からないけど……課長を死なせないために、私、超エロエロで、めちゃくちゃビッチな感じで色仕掛けして、課長を家から出させないから！）

この間のオフィスで、彼を死なせないためならなんでもすると密《ひそ》かに決意したのだ。どんなに破《は》廉恥《れんち》な方法を使ったって、大事な人を死なせたりはしない。

車内の微妙な空気に緊張しているのか、恭介も視線を前に向けたままだ。

彼は今、何を思っているのだろう。

こんなイヤラしい女の子は彼の好みではないかもしれないのだ。彼に嫌われちゃうかもしれない。そう思っただけで胸がズキンと痛む。

（……それでもやっぱり、何があっても課長を守りたい）

夜も深まり、道路は空《す》いていた。車の流れはスムーズだ。あっという間に見慣れた光景が戻ってきて、恭介の車は会社に近い町を走る。

（あ。あのコンビニ！）

先ほどのフラグで見た光景が視界に飛びこんできた。交差点の信号待ちの間に、車内の窓から店内のカウンターに立っているコンビニ店員に視線を向け、亜耶は顔を確認する。

（課長が助けようとした店員さんだ。大丈夫、店員さんにはフラグ立ってない）

恭介が店に行かないことで、コンビニ店員が命を失うことはなさそうだ。亜耶が安堵《あんど》してすぐ、交差点を曲がったマンションの地下駐車場で車は止まった。

（そか。あのコンビニは課長の家の近所のコンビニだったんだ。じゃあ、やっぱり今夜はずっと課長を捕まえておかないと）

「……着きましたよ」

そんなことを考えていると耳元で彼の声が聞こえて、胸がドキンと高鳴る。怖いのと不安なのと同時に、彼の居住空間に初めて足を踏みこませてもらえるという喜びを感じていた。

ドキドキしながらも、自分に向けてくれた手に手のひらを添わせる。どこかふわふわした足取りで、亜耶は彼の部屋に向かうエレベーターに乗った。

「本当に……」

いいのですか、と訊《たず》ねたそうな顔をしている恭介はやっぱりよい人だと思う。

互いに指先をしっかりと絡めて手を繋いでいるくせに、恥ずかしくて視線は合わせられない。

二人とも下を向いているので、エレベーターの上昇する微《かす》かな音がはっきりと聞こえる。実際には数秒、だが亜耶にとっては永遠に思えるほどの時間の後、ポンという電子音が響いた。

九階。到着した階を確認する。彼の住んでいる部屋はここにあるらしい。

九階だと窓からの景色は綺麗なんだろうかとぼうっと考えつつ、亜耶は引かれる手に従《したが》ってゆっくりと恭介の後を追った。

「少し……待っていてください」

いくつかの扉の前を通り過ぎた後、恭介は一つの部屋の前で足を止めた。入り口の表札にはシンプルに、荻原、とだけ書かれている。恭介は亜耶と手を繋いだまま反対の手で鍵を探り出し、慣れた様子で扉を開けた。

「すみません、散らかってますが……」

彼はそう言うが、けして散らかってなどいない。

パチンとライトが灯ると、靴を脱ぎ、短い廊下を歩く。彼は一瞬逡巡《しゅんじゅん》したものの、亜耶を奥の部屋に連れていった。

「コーヒーでも淹《い》れましょうか？」

リビングルームに彼女を残してキッチンに向かおうとした彼の腰のあたりに、亜耶はつい抱き着く。

「あ、あの、藤野さん？」

「……課長？　どこにも行きませんよね。私と一緒にここにいてくれますか？」

必死な彼女の言葉に、恭介は安心させるように小さく笑った。

「……藤野さんがここにいるのに、私がどこに行くんですか？　コーヒーを淹《い》れるだけです」

ふわりと髪を撫《な》でて、甘やかすみたいなキスを額《ひたい》に一つ落とされる。その言葉に安堵《あんど》して、亜耶はすすめられたソファーに腰を落とした。

彼は言葉どおりキッチンでコーヒーを淹《い》れはじめる。それを確認して、亜耶はホッと体から力を抜いた。

だがコーヒーメーカーをセットした彼が、再び部屋の外に出ていこうとする。

「あ、課長、どこ、行くんですか？」

自分の後を追った亜耶を、彼は宥《なだ》めるように振り向いて笑った。

「風呂の準備をしてこようかと思ったんですが……ついてきて私と入りますか？」

からかうみたいにくすりと笑われ、かあっと頬に熱が上《のぼ》る。

「いや、あの……ごめん、なさい」

真っ赤になった亜耶の頬を撫《な》でて、恭介は目を細めた。

「どちらにしても、ここまで連れてきてしまいましたから、もう逃がしませんが」

「……え？」

「藤野さんが連れこまれたのは、性質《たち》の悪いオオカミの巣かもしれないですね」

彼はそう悪戯《いたずら》っぽく囁《ささや》くと、一瞬で亜耶の唇を奪い、部屋を出ていく。

（カッ……カッコいい）

一連の動きに見惚《みと》れてしまった。

なんだろう、やっぱり自分と彼では経験値が全然違う気がする。仕事ができるだけじゃなくて、恋愛においてもできる人なんだ。

（最近付き合っている人はいないと言っていたけど、きっと昔は付き合っている人がいっぱいいたとか、長く付き合っていた人がいたとか……そういう感じだよね）

そう考えると急に不安になり、亜耶は肩を落としてソファーに座り直す。

（私なんて、子供っぽいし相手にされてないよね。たまたま今、お付き合いしてる人がいなくて、その状況で私が必死にお願いしたから、こんな風に連れて帰ってくれただけで）

凹《へこ》む亜耶を置き去りに、室内にはコーヒーが抽出《ちゅうしゅつ》されるコポコポという温かい音と、馥郁《ふくいく》たる香りがゆっくりと満ちていく。

ほどなく風呂を張る音が聞こえると、彼が部屋に戻ってきた。カチャンとカップとソーサーが触れ合う音がして、下を向いていた亜耶の前にコーヒーが二つ置かれる。

「隣に座ってもいいですか？」

紳士的に訊《たず》ねられて、ドキッとしながらも頷《うなず》いた。

「今、貴女《あなた》を抱きしめても……いいですか？　もう限界で。今は、それ以上はしませんから……多分」

ふたたび笑みを浮かべた彼の表情には苦笑がまざっている。

（限界？　今は？　多分？）

言葉の意味を訊《たず》ねたいけれど、元々誘ったのは自分なのだからと、亜耶はこくり、と再び頷《うなず》く。

そのままそっと自らその人の肩に顔を預けた。彼は既《すで》にジャケットを脱ぎ、ワイシャツ姿だ。

風呂を洗ったからだろう、肘《ひじ》まで腕まくりをしていて、亜耶は大好きな彼の前腕の逞《たくま》しさに胸をときめかせた。

彼の手が亜耶の髪をゆっくり撫《な》でていく。そのまま彼はふわりと亜耶を抱き寄せた。肩に押し付けていた亜耶の頬を指の甲で撫《な》でて、額《ひたい》に柔らかいキスを降らせる。

ドキドキする心臓が騒がしく、うなじまでかぁっと熱くなって、亜耶は顔を上げることができない。額《ひたい》に落ちたキスが、目元、頬とゆっくりと下りてきて——

「……緊張、していますか？」

声を掛けられ目を開けると、眼鏡越しに優しい瞳に見つめられている。ますます熱を上げた彼女は小さく頷《うなず》いた。

緊張しているし、幸せだし……だって……すごく好きな人にこうされているから。でも想いが言葉にならなくて。

「んっ……」

次の瞬間、唇が重なった。彼の腕の中でするキスは、たまらなく心地よい。一度触れた唇は、二度三度と啄《ついば》み、少しずつ糖度を増していく。

「ぁ……は、んっ……」

舌で歯列をなぞられて思わず体が震える。絡み合う舌を伝って零《こぼ》れ落ちる雫《しずく》を嚥下《えんげ》すると、とろりと理性が溶《と》けていった。彼の腕に添えた手に力がこもる。

「ふぁ……んっ……」

彼は惜《お》しむように濡れた亜耶の下唇を食《は》むと、ゆっくりと口づけから解放した。

「……これ以上したら……ベッドまで我慢できずに、貴女《あなた》をこの場で押し倒してしまいそうですね」

「……あのっ……」

「風呂を使いますか？」

最後にそっと額《ひたい》にキスを落として、訊《たず》ねられる。

（やっぱり、このままだと、この状態でしちゃうよね？）

するのなら……やっぱりお風呂で体を綺麗にしてからの方がいい。亜耶は小さく頷《うなず》いた。

「あの……はい」

まだ緑の映像は見え続けている。ということはまだフラグは折れていない。だったら亜耶は、全力で彼をここに縛り付けないといけないのだ。恥ずかしがってる場合じゃなかった。

（私が、がんばらないと……）

「あ。でも着替えが……」

言いかけて、しまったと気づく。買い物に出る口実を与えてはいけなかった。だが彼は逆にぎゅっと亜耶を抱きしめる。

「……すみませんが、私にはもう貴女《あなた》を外に出す余裕がありません。私の服で構わなければ、用意させてもらいます」

その言葉に亜耶は首を縦に振った。

「あの、私がお風呂を使わせていただいている間、絶対に外に出ないでください。ここで……待っていてください。間違っても下のコンビニとか、行っちゃダメですよ」

「コンビニ？　いえ、行く予定はありませんが。そこまで心配なら一緒に入りますか？」

くすりと笑う彼の目が妖艶《ようえん》に細められる。

「あ、あの……あの。ちょっとそこまでは勇気が」

……ホントはそうした方がいいのは分かっていた。だが、素面《しらふ》でお風呂というのは難易度が高すぎる。亜耶は慌ててふるふると顔を左右に振った。

「でも、本当におうちにいてくださいね。絶対に絶対に、どこにも行かないでくださいね」

何度も何度も確認してから、亜耶は風呂に向かった。

＊＊＊

正直、恭介が外に出て行かないか不安で、亜耶はゆっくり入浴していられなかった。

それに……彼を引き留めるためとはいえ、エッチなことをされるためにお風呂に入るとか……やっぱり相当恥ずかしい。

「――着替え、ここに置いておきます。スカートとカットソーは寝室のハンガーに掛けておきますね」

「うわっ……あのっ……ありが、とうございます」

浴室のガラス越しに声を掛けられて焦《あせ》った彼女は、自分の着てきた服を取り上げられたことすら気づいていない。とにかく彼がどこにも行かないように、脱衣所からいなくなった気配を確認すると、髪すら洗わず慌てて風呂を出た。

（こっ……これは……ど、どうするべきだろう……）

恭介が用意してくれたのは、バスタオルとアイロンの掛かった彼のパジャマの上だけ。

下着は一日身につけたモノをつける気になれなくて、風呂に持ちこんで簡単に洗いタオルで挟んで水分をとったのだけど。

（えーい、もうこれで行くしかない）

気合を入れて、素肌にパジャマをはおる。もちろんボタンは全部しっかり留めた。長身の彼のパジャマは膝丈《ひざ》のワンピースのようになったが、サイドが少し短めなため、立っていればともかく座ると微妙に中が見えそうでドキドキする。

洗えなかった髪は持っていたシュシュを使って、サイドで緩く一つに結んだ。

（課長のフラグを完璧に折るまでは、今夜の私はエロエロびっちな女！　誘惑しまくり、なんだからねっ）

おろおろしている気持ちを無視して、洗面所の鏡に映った自身に無理やり言い聞かせる。そして亜耶は、不安と興奮で激しく鼓動する心臓を抱えて、リビングに戻った。

リビングでは、彼が冷たいミネラルウォーターを渡してくれ、亜耶の姿を見て目を細めた。

「その格好、最高ですね」

くすっと悪戯《いたずら》っぽく笑う彼は、また亜耶の額《ひたい》に触れるだけのキスを落とす。

「あの、課長、これ、ズボンとかは……」

「私と貴女《あなた》の身長差だと多分、ズボンを穿《は》くとずるずると床に引きずることになりますよ。それに……」

裾《すそ》が気になって下方向に引っ張っている亜耶の立ち姿を見て、彼は笑みを深めた。

「彼シャツな藤野さんは、ほんとうにエロくて最高に可愛いです。その姿、男の夢なんで諦《あきら》めてください」

(彼シャツって……どういう意味？　彼氏のシャツを着た恋人的な？　そういう意味？　てか、男の夢？)

彼の表情と言葉にドキマギしていると、上機嫌な笑い声まで零《こぼ》される。亜耶はじっと彼を見上げることしかできない。

「さて貴女《あなた》との約束どおり、私はどこにも行きませんでした。貴女《あなた》もどこにも行かないで待っていてくださいね……すぐ出てきますから」

そう言われて、亜耶は言葉もなくコクコクと頷《うなず》く。いや、この格好では、どこにも行けない。

さりげなく亜耶のこめかみにキスを落とし、彼が部屋を出ていく。それを見送る彼女の心臓は苦しいくらいドキドキと高まった。

(課長がお風呂を上がってきたら、エッチな……ことになるよね？)

きっと彼もその気だと思う。だけど不思議なほど嫌じゃない。どっちかというとゾクゾクする。

この前、いいところで放置された際の熱を思い出し、体が期待してしまっている。

それに彼の緑色の映像はまだ見えているのだ。明日の朝まで、消えないのかもしれない……

いずれにせよ、選択肢は一つしかないのだ。

（課長を死なせないためなら、私、なんだってする……）

亜耶は自分にそう言い聞かせると、落ち着くために水を一口飲んだ。

＊＊＊

「……お待たせしました」

（ちょっ……）

亜耶は戻ってきた恭介の姿に絶句してしまった。

（なんなんですか、色仕掛けされてるのは私なんですか！　課長エロあざとすぎるんですけどっ）

彼は亜耶と一緒の柄のパジャマの下だけ穿《は》いている。上半身は裸だ。

肩にタオルが乗っていて、髪の毛はタオルドライしただけの濡れ髪。普段上がっている前髪が降りていて、ほんの少し若く見える。しかも服を着てないその体は、男性らしく綺麗な筋肉に覆《おお》われていた。

「な、なんで上半身、はだっ……っ」

それ以上のことが言えずに、亜耶は顔を伏せ、手で顔を覆《おお》う。

（すみません、課長。私、今改めて課長を見て、めちゃくちゃ美味《おい》しそうなカラダって思ってしま

いました。本当にごめんなさい）

そんなことを口にできるわけもなく、亜耶の湯上りの体が一層熱を上げている。

「すみません。今着られるのが、これ一組しかなくて」

なるほどと、綺麗にアイロンを掛けられたパジャマの上に触れた亜耶は、私に上を貸しちゃったから下しかなかったってことなのね、と迂闊《うかつ》にも素直に納得する。

彼が冷蔵庫からミネラルウォーターの入ったペットボトルを取り出した。亜耶の気持ちに気づいているのかいないのか、小さな笑みを浮かべている。

冷たい水を一口飲むと、亜耶のもとに戻ってきて、そっとこめかみに口づけを落とした。

「それに、あまり長いこと着せている気もないのでいいかな、と」

（えええええええ、そ、それはどういう意味でしょうか？）

彼の言葉に亜耶はパッと顔を上げる。すると男性の色香の漂《ただよ》う笑みを向けられていた。

（そ、そうだ。私、今夜は課長を誘惑しまくりの、ビッチビチな女になる計画続行中だったんだ）

亜耶は大事な役割を思い出し、震え声で必死に答える。

「はっ……はい……か、課長の好きに……してくださって、構いません」

（あっ、ダメだ。本当にカッコよすぎて、本気で私、そう思っちゃってる）

リアルにこの人に抱かれたい。そう願い、全身がかあっと熱を増していく。目まで潤《うる》んできたのはどうしてだろう。

「――っ」

居たたまれない気持ちになって顔を伏せた瞬間、ふわりと体が浮いた。

「ふぁ？」

視点が一気に上がり、咄嗟《とっさ》に彼の首に手を回す。

「そうしていてくれると、抱き上げやすくて助かります」

……つまりこれは。

（生まれて初めての、お姫様抱っこ、というやつではっ）

こんなことをしてくれる男性が、この世にいたんだ。けして軽くないはずの自分を軽々と抱き上げて笑みを浮かべている。というかもう、普段職場にいる彼だけで、十分好みのドストライクだったのに。

（どこからどこまで私の脳内の理想を具現化しているんですか、課長は！　いっそ王子って名乗ったらどうですか！）

その理想の人が自分を抱き上げて、そのまま足を進めるのは――

（うわ、ここ、課長の寝室……だ）

元々ドアをあけ放っていたらしい。彼は自分の寝室に亜耶を連れていくと、そっとベッドに下ろした。

室内は微《かす》かに淡いオレンジ色のフットライトがついていて、まるでキャンドルライトを灯《とも》しているように見える。

大柄な彼が寝るのに十分な大きさのベッドは、亜耶が一人で寝るには広すぎて。でも当然のことながら、彼女がそこで一人で寝るようなことにはならなかった。

「……ようやく普段の藤野さんに戻ったみたいですね」

そう言われて亜耶は目を瞬《またた》かせる。

まだ緑の映像は消えていない。けれどこんな風に情欲の陰りを宿した目で熱っぽく亜耶を見つめる彼は、自分を喰らい尽くすまで外に出ることはないだろう。

誘惑作戦が成功したのかどうかは分からないけれど、こうやってベッドまで連れて来てもらったのだ。後は彼のフラグを折るために、自らを生贄《いけにえ》に捧《ささ》げればいい。

「そ、そうですか？」

「……の、気がします」

ベッドの上に腰かけた亜耶の隣に上半身裸の彼が座り、抱き寄せた。軽くリップ音を立てて唇に可愛いキスを落とす。

(どうしよう、もうキスされることに違和感なくなってきてる……)

いや、嬉しくて毎回ドキドキする。だけど最初ほどの驚きはなくなっていて、幸せな気持ちばかりが増えているのだ。これからどうなっちゃうんだろうと思えど、こうして彼の腕にいると、不安感より安堵《あんど》感がずっと強い。

(課長は……どう思って私と今、こうして一緒にいるんだろう)

さっき言いかけた彼の言葉を最後まで聞きたかった。

彼を死なせないために、などと言っていたのに、幸せすぎて、自分は彼の恋人なんだと勘違いをしそうだ。慌てて自分に言い聞かせる。

（そこまでは望んじゃダメ。とにかく今夜は課長のエロい気分に水を差さないこと。エッチ大好きなオンナのフリをして、課長を一晩中ここに引き止めておかないと……）

「ようやく捕まえました。このまま大人しく私のモノになってくれますか？」

優しいのにどこかサディスティックな微笑《ほほえ》みも、恋人に向けるそれだと錯覚してしまいそう。

（課長、私、貴方のことがこんなに好きなんです）

なんだか嬉しくて涙が出てくる。一方で、気持ちが彼に向かいすぎていて、全然エロ目的のビッチにはなりきれていない自分に、亜耶は気づいた。

「なんで……なんでそんなことばっかり言うんですか」

何かを期待して、フラグを折るためには不要なことを訊《たず》ねる。そんな亜耶の顔を見て、彼はそっと額《ひたい》にキスを落としつつ囁《ささや》いた。

「貴女《あなた》のことが好きだから、触れたいんです。だから……抱いてもいいですか？」

さらりと大事なことを告げられて、亜耶は息を呑む。

（好きって……課長が私のことを好き？　好きだから触りたいって……）

その事実を受け止められなくて、軽くパニックになる。だってずっと好きだった人が自分のことを好きだなんて……

「……いくら酔っていても好きじゃない人に触れたりしませんよ。しかも今日は素面《しらふ》です。自分が何を望んでいるのかは、よく分かっています」

ふわりと頬を撫《な》でる彼の手のひらが、冷たい。それだけ自分の頬が熱を持っていることを、亜耶は理解した。

好きだから、触れたい。その気持ちは凄《すご》く分かる……

「はい、私も……好きな人には、いっぱい、触れてもらいたいです。抱いて、ほしいです」

最後まで彼の目を見て言うことはできなかった。恥ずかしくて下を向いて告げる。

次の瞬間に、頤《おとがい》を持ち上げられて、至近距離で彼の顔が見えた。いつの間にか眼鏡を外したらしく、裸眼の少し青みがかったような瞳は、真摯《しんし》で熱っぽい。その視線を受けて、ドキドキと心臓が口から飛び出しそうになった。脳がじんと痺《しび》れる。

「……ったく。私は藤野さんが怖いです。そんな人の理性をあっさりと壊すようなことを平気で言うから」

私が、どれだけ我慢していたと思うんですか？　と低く唸るように呟《つぶや》く、深くて甘い声。

やっぱり理性なんて一つも働かない。亜耶は潤《うる》んだ瞳で彼を見上げることしかできなくなっている。

「……いっぱい触れてほしい？　藤野さんにいやだと言われない限りはいくらでもしてあげます。今夜は約束したとおり、もう貴女《あなた》をこの部屋から外に出す気はありませんし、貴女《あなた》がそう言うのなら、ベッドからも出しません。私が欲しいだけ貴女《あなた》を貪《むさぼ》るつもりです」

ちゅっと唇を寄せ甘く触れるだけのキスをすると、彼は獰猛《どうもう》な笑みを浮かべた。

「もちろん、藤野さんには記憶を失わない程度にたっぷりと気持ちよくなってもらいます。私に抱かれたことを忘れるなんて……絶対に許しませんから」

それだけ言うと、彼の唇が亜耶の唇を覆《おお》う。

甘いキスはあっという間に深いものに変わっていった。

深く舌を挿《さ》しこまれねっとりと舌を絡ませられると、ゾワリとする感覚が胸をきゅんとときめかせ、お腹《なか》の奥が熱くなる。あの日放置された快感が一気に目覚めた。

「んっ……んぅ、ぅく……」

たっぷりと彼の雫《しずく》を受け入れ嚥下《えんげ》すれば、感受性が高まる。

微《かす》かに擦《こす》れる胸の先にツンと熱が集まっていた。

こんなことで簡単に気持ちよくなる自分が理解できない。

ますます現実感がなくなっているのに、体の感覚だけは彼が触れるたび、鋭くなって……

キスの合間にゆるゆると髪を撫《な》でる彼は、さらに頬と首筋も撫《な》でる。ふわりと胸元が温かくなって、大きな手でやわりと包まれると、待ち構えていたように全身がゾクリと甘く粟立《あわだ》った。

「はっ……ぁ」

一瞬唇が離れる。亜耶は奥に情欲を潜《ひそ》ませた彼の視線に捕らわれた。

「本当に……藤野さんは可愛い」

「あっ……」

見つめられながら、名前を呼ばれ、胸が熱くなる。ちゅっと唇を吸われ、緩やかにベッドに押し倒された。

「……もしかして」

襟元《えりもと》のボタンを一つずつ外される。二つ目を外した彼が、くすりと笑った。

「下着、つけてないんですね」

「あっ……」

そのまま三つ目までボタンを開けて胸元をはだけ、つぅっと二つの頂《いただき》の間を指が滑る。それだけでヒクンと体が跳ね上がった。

「まったく感じやすいうえに、藤野さんは大胆だ。本当にエロすぎて困る」

上機嫌で笑う恭介は、普段の上司の顔から徐々に逸脱《いつだつ》していく。言葉の選び方も話し方も表情も……エロいのは恭介の方だ、と亜耶は濡れた瞳で彼を睨《にら》んだ。

「だって、急に来てしまったから……替えの下着がなくて……」

「なるほど。ですが私の服の中で、一糸まとわぬ藤野さんが、私に触れられ感じて乱れるって状況は、想像以上に……キますね。……替えの下着がないからってことは……」

淫《みだ》らな視線が亜耶の下腹部に移動する。亜耶は咄嗟《とっさ》に膝《ひざ》を揃《そろ》えて、シャツの裾《すそ》を手で押さえた。

「……なるほど。それは……ますます後が楽しみだ。すっごく……煽《あお》られます」

だが彼の手はシャツの裾《すそ》には伸びずに、代わりに亜耶の胸に伸びた。

（うわ、捲《まく》って確認されるのかと思った……）

焦《あせ》った亜耶は彼の手が上半身にとどまったことに少しだけ安心する。

大きくはだけた胸元に綺麗で大きな手が入り自分の胸を包むのを、亜耶はぞくぞくするような悦《よろこ》た蕾《つぼみ》が立ち上がる。彼が指の腹で頂《いただき》をそっと優しく撫《な》でただけで、普段より赤味を増した蕾《つぼみ》が立ち上がる。

「んぁっ……ぁあっ」

「藤野さんの胸はほんとうにヤラシイ。こんなに私の手でも余るくらい大きくて触り心地もいいのに感じやすくて、先の色合いまで綺麗だ……」

「ぁっ……そこ、ダメっ」

抑止の言葉が唇から漏《も》れる。

「ダメって言われると余計に煽《あお》られる……どうされるとダメなんですか？　ダメなことは気持ちいいことなんですよね、エロい藤野さんの場合。……この間はゆっくりと弄《いじ》ってあげられなかったから、今日は貴女《あなた》がどうしたら感じるのか一晩掛けて調べましょうか」

（か、課長、すごい……エッチだ）

言葉遣いは優しいのに、言っていることはドSでエロエロだ。こんな風にされたら、気持ちよくなりすぎてどうなっちゃうのか不安だけど……

（まだ緑の映像は消えてない）

もっともっと私にのめりこんで、フラグが折れるまで。亜耶はそう思い、彼の頬に手を伸ばした。エロエロ誘惑オンナにはなりきれないかもしれないけど、恥ずかしがってばかりいないで、積極的にキモチイイことを彼に伝えてみよう。

「ダメだけど……ダメじゃないんです。だって……課長に触られると、すっごく……気持ちよくなっちゃうから……恥ずかし、あぁっ……そこ、好き……」

胸をたっぷりと弄《いじ》られながら吐息《といき》交じりに零《こぼ》す亜耶の淫《みだ》らな告白に、彼は揉《も》みたてていた胸の上へ唇を寄せ、キツく吸い付いた。

「あっ……痛っ」

「欲求不満な男を、そんな風にイヤラシク煽《あお》ったらどうなるか分かりませんよ。ほら、今一つお仕置きの痕《あと》をつけましたからね」

ハッと視線を送ると、白い胸元に花びらが一枚落ちたみたいな赤い痕《あと》が残っている。

「どうやら私は貴女《あなた》に対して、独占欲が抑えられないようで。今日も彼と仲良くする貴女《あなた》を苛立《いらだ》たしく思いました」

「え？　なんのことですか？」

聞き返すと、彼は自嘲《じちょう》した。

「貴女《あなた》が思っているより私は全然冷静じゃない。貴女《あなた》が欲しくて理性が完全になおざりになっている」

恭介の言葉に亜耶は沈黙する。

「証拠としていっぱい痕《あと》をつけて、貴女《あなた》は私のモノだと主張してみましょうか？」

そんなちょっと病《や》んだセリフだって、彼から言われたら胸がときめくだけだ。

「……そんなことされたら。ちょっと……いや、かなり嬉しい、ですよ？」

咄嗟《とっさ》に漏《も》れた言葉に恭介が苦笑する。

「私のモノだと主張されて嬉しいんですか？」

「……課長のモノって言われたら、私は凄《すご》く嬉しいです」

誘惑するつもりが、本音をボロボロ零《こぼ》してしまう。結果として彼を煽《あお》っていることなど、亜耶は気づかない。

「……でしたら、もっとたくさんつけて差し上げます。貴女《あなた》のすべてが私のモノだと主張する証《あかし》を」

彼は亜耶の瞳を見つめ、普段見たことのない獣じみた笑みを浮かべると、胸元にいくつも口づけを落とした。小さな痛みと共に、亜耶の胸に無数の所有の証《あかし》を残していく。

「あっ……ああっ……キモチ……イ……」

思わず零《こぼ》れた言葉に彼がまた苦笑した。

「藤野さんはどうしてそうなんですか……。煽《あお》られすぎておかしくなる」

そう呟《つぶや》くと彼はまたいくつもの痕《あと》をつける。そして、ツンと痛みを感じるほど血流を集めていた蕾《つぼみ》にそっと冷たい舌を伸ばした。

「痕《あと》をつけられただけでこんなに硬く立ってしまって……本当に美味《おい》しい体だ」

「恥ずかしいこと言っちゃ、いやぁ。……だって、課長だから……こうなっちゃうんです」

今までこんな風になったことなどないと亜耶が告げると、恭介は目を欲情に光らせて、硬くしこった頂《いただき》に貪《むさぼ》りつく。

「ああっ……ぁあっ……」

どこまで自分は乱れるのだろう。

熱を持つ胸の先をコリコリと舌で転がされ、ねっとりと食《は》まれただけで達しそうな快感に亜耶は身を捩《よじ》る。だが彼が体を押さえこんで逃がしてくれない。

じゅく。ちゅ。ぢゅぢゅっ……

静かな室内に、大好きな人に貪《むさぼ》られる音と、自分の乱れた喘《あえ》ぎ、彼の荒い呼吸音が響く。

その興奮の度合いを示すように彼の体温は上がっている。ふわりと恭介の匂いに包まれた亜耶は、ますます理性を失っていった。

胸を舌と唇で攻めながら、彼の手がゆるゆると亜耶の脇腹を撫《な》でる。そのまま防御の低くなった亜耶のシャツの裾《すそ》をまくった。

「……やっぱり。何もつけてないんですね」

「やっ……ダメっ」

大きな手がシャツの裾《すそ》の下に入りこむ。器用な長い指が亜耶の閉じられた腿《もも》の内側に侵入した。

「いい子だから力を抜いて」

「やぁっ……ダメっ」

そこを開かれたら、きっとはしたない状態だとばれる。下着をつけていない亜耶には、それがよく分かっていた。

「こら。隠してももうばれてますよ。……ほら、もう蜜《みつ》まみれなのでしょう？」

耳元でからかうような艶《つや》めいた囁《ささや》きが聞こえ、耳朶《じだ》を食《は》まれる。

「ひぁっ……ダメです」

「気持ちよくするだけです。大人しく開きなさい。ね、亜耶さん」

ぬちゅぬちゅと淫《みだ》らな音と、ねっとりとしたモノが耳殻《じかく》を這《は》う。ぴちゃぴちゃと舌が耳を這《は》う音がして、亜耶は力が抜けた。

それより何より！

（な、名前で呼ばれた！　課長に恋人みたいにっ。ど、どうしよ、う。胸のときめきが半端ないんですけど!!）

「耳も弱いんですか。亜耶さんの体はどこもかしこもイヤラシイですね」

動揺している亜耶に気づいていないのか、恭介は再び名前を呼ぶ。苛《いじ》めるような声に、亜耶はなんだかふと不安になった。

（せっかく好きって言ってくれたのに、嫌いになっちゃったり……しないよね？）

「……イヤラシイ子は……嫌いになっちゃいますか？　だったら感じないように……頑張ります」

嫌われたくなくて言ったセリフを聞いて彼が目を見開く。次の瞬間、彼は堪《たま》らなく優しい色を瞳に浮かべ、笑み崩れた。

「亜耶さんはどうしてイヤラシクなっちゃうんですか？」

そっと額《ひたい》にキスをしてくれたその人の瞳を亜耶はそっと見つめ返す。そんなの言うまでもない……自分が単にイヤラシイだけの人じゃないということを伝えたくて、言葉を紡《つむ》いだ。

「……課長のことが好きすぎて。触れられるとすぐ……気持ちよくなっちゃうんです。体のあちこちが熱くて、自分でも抑えきれないくらい、おかしくなって怖いけど。でも嬉しいから……」

(うわあ、恥ずかしい。全部本音を言ってしまった)

そう思った瞬間、ぎゅうっと大きな体に抱きしめられる。亜耶は息が止まりそうになった。

「貴女《あなた》って人は……私を萌《も》え殺す気ですか？」

もえ、ころす？

聞き慣れない単語に亜耶は言葉の意味を確認しようとする。けれど、ぎゅっと抱きしめられていて、彼のうなじの色しか確認できない。そこは仄《ほの》かに赤く熱を持っていて……

「好きなだけ乱れてください。好きな子が乱れてくれると、男は嬉しいんです。もっと好きになりますから……安心して……」

そっと唇を寄せて、力の抜けた腿《もも》の間に指が滑りこむ。

「ああ、もう。こんなにとろとろに濡れてるじゃないですか。たっぷり感じてくれていたんですね」

キスの合間に淫《みだ》らなことを囁《ささや》かれても、もう抗《あらが》う気力がない。ただ感じているだけだ。

ふいに彼のキスが遠ざかった。

足元に座りこんだ彼が緩み切った亜耶の足を持ち上げて、蜜《みつ》まみれになった内腿《うちもも》に指を滑らせる。恥ずかしさに身を竦《すく》ませた亜耶は体を捻《ひね》り逃げようとしたけれど、体の大きな彼に押さえこまれてできなかった。

「ああ、まだこの間の痕《あと》が残っている。なくならないうちにもう一度つけ直しておきますね」

それは亜耶が風呂上がりについ確認してしまう、あの日からずっと体に残っている彼との秘め事の痕《あと》だ。

「んぁっ……んっ……」

チクリとする痛みは執着《しゅうちゃく》の証《あかし》。消えるまでにまた彼が亜耶を抱いてくれるという約束の印《しるし》だ。

「痕《あと》をつけられて、感じてしまったんですね。ああ、いつでも私を受け入れられそうだ」

彼が潤《うる》みを確かめるように秘裂を指でなぞる。

「ひゃんっ……ぁめっ……そんなことっ」

「亜耶さんのダメはシテ、ですよね。本当に可愛い。ああ、花びらがヒクヒクと震えてる。ホントにエロすぎる。すぐにでもここに、挿《い》れたくなります」

そんなセリフを言いつつ、ゆっくりと長い指を中に入れてきた。まるで彼の望みを、指が叶えているような感じだ。

「ああっ……ダメ、そんなっ……」

ぐぅっと一度奥まで差しこんだ指を引き抜きながら、恭介は亜耶の感じやすい所を探っていった。

「ああ、ここでしたね。亜耶さんが大好きなトコ」

「ひぁんっ」

ざりと指の腹でそこを掻《か》かれた瞬間、亜耶の体が跳ね上がる。

「この間のオフィスでは外から苛《いじ》めて、寸止めで終わらせましたもんね。あの後、自分で何とかしましたか？」

その言葉の意味が分からず、亜耶は首を傾《かし》げた。

「……なるほど、亜耶さんは自分では欲望を処理できないんですね。そう、じゃあずっとあの日から……」

いたぶるように、亜耶の感じやすいところを避けて指が中を掻《か》き混ぜる。蕩《とろ》けたそこが立てる、くぷ。くぷ。という音が恥ずかしくて気が遠くなりそうだ。

「達しきれなくて我慢してる。……とっても楽しい」

（……ん？　どういう意味ですか？）

そう訊《たず》ねようとした瞬間、彼の優しい笑みが意地の悪いものに変わった。

淫《みだ》らな舌が、彼自身の唇を舐《な》める。それだけであの時の景色が一気に脳裏によみがえった。

亜耶の恥ずかしい部分を舌で愛撫《あいぶ》していた時の彼の長い睫毛《まつげ》と、不埒《ふらち》な舌先。

記憶だけで体が震える。

「可哀想に。思い出しただけで体が震えるんですか？　じゃあ、夜な夜な、ここを……こうしてほしくて、たまらなかったんじゃないんですか？　私の舌を思い出して、ちゃんとイカせてほしくて、夜のベッドの中で思い出しては疼《うず》いて……」

「ちがっ……」

かあっと熱が一気に上がった。亜耶は足の指先でシーツを掻《か》きながら自分のベッドで悶《もだ》えた夜を思い出す。

「……じゃあ、まずは一回ちゃんとイカせてあげないと。でもそんなに感じすぎている体を、簡単に手とか口でイかせてしまうのはもったいない気がしますね」

くくっと笑った恭介は課長の顔と違う、色香に満ちた男の顔をしている。欲望に塗《まみ》れた笑みに、亜耶は逆らう気を完全に失っていた。

「……簡単にイってはダメですよ」

「え？」

次の瞬間、ゆるゆると中を貫《つらぬ》いていた指が二本に増える。唇もそこに寄せた彼は、もう一方の手の指先でそこを開いた。伸ばされた赤い舌が、感じやすい芽を嬲《なぶ》りはじめる。

「やぁっ……はっ、っぁあっ、あぁっ……」

中を指で弄《いじ》りつつ花芽を抉《えぐ》るように舌で転がした。

亜耶は背筋を反らして、彼の指と舌を深く受け入れようと体を開く。ガクガクと震えるその体に快楽を教えこもうと、彼は外と中から刺激を与えていった。

「やっ……か、ちょ、も、イっちゃ……」

ヒクンと体が跳ね上がる。

「……もう少し我慢しましょうね」

突然、ゆっくりと指が抜け、唇も離された。達し掛けた体を持て余して亜耶はぽろりと涙を零《こぼ》す。

「ほら、ちゃんと我慢できた」

「……なんで？」

どうしてこんな意地悪をするのだろう。あのキモチイイのがそこにあるのに。ぐずぐずと体が疼《うず》き、達しきれない熱を帯《お》びる。

「さあ、もう一度しましょうか」

「え？」

その後も彼は亜耶を苛《いじ》めるように、頂点の手前で愛撫《あいぶ》を止めることを繰り返した。

「やぁあああぁ……課長の、んっ、意地悪っ、ばかぁ」

「どうしたんですか？」

くすりと笑う瞳はすごく意地悪で。

彼は亜耶の涙をそっと舐《な》めとる。

「ずっと……会社でされてから、ずっと我慢してて、苦しい、のにっ」

亜耶の口から思わず泣き言が零《こぼ》れた。

「我慢する亜耶さんは本当に可愛いですね。私にされることだけで頭がいっぱいですか？　もう限界？　私にイかせてほしくてたまりませんか？」

恥ずかしいけれど、でも後少しのところに手が届かなくてもどかしい。あの日初めて彼に抱かれた時の、微《かす》かな記憶の先にある快楽を欲して、亜耶は身を捩《よじ》る。

「も、意地悪、しないで。お願い、ちゃんと……して」

「……ちゃんと、何をするんですか？」

優しいくせに意地の悪い訊《たず》ね方をする。亜耶は咄嗟《とっさ》に彼の腕に手を伸ばし、その二の腕に縋《すが》りついた。

「ちゃんと……キモチヨク……して。も、辛《つら》いの……」

快楽を要求する言葉は、甘える子供みたいに舌足らずで、でもヒクヒクとうごめく中は成熟し彼自身を求める。

「……だったら……？」

「……も、ください。課長の……」

「オフィスならそれも萌《も》えますが。せっかくなので、名前で呼んでください」

じっと見つめてくる視線は淫《みだ》らなのに柔らかい。

「私の名前を知っていますか？」

その言葉に亜耶はドキドキと鳴る心臓を抱えて、小さく頷《うなず》いた。涙に濡れた瞳を彼に向ける。

「お願いします……恭介さん、を……私の中に、ください」

「あぁ、よく言えました。ええもちろん。……少しだけ、待っていてください。私も亜耶さんの中を、たっぷりと味わいたいんです」

キスを一つ落とすと、彼はほんの少しの間背中を向け、小さなパッケージを歯で切り、荒っぽく服を脱いで準備をした。

「ガツガツしててすみません。でも……もう亜耶さんが欲しくてたまらない」

ギシリとベッドのきしむ音がして、体を再び大きく開かれる。濡れそぼつ秘裂に硬くて熱いものが押し付けられた。

「あっ……」

「先ほど指で慣らしたので痛くはないと思います。が……」

ぬぷりと突きたてられたそれは、亜耶の蜜口《みつくち》を大きく押し開き、ゆっくりと内に挿入《はい》っていく。襞《ひだ》を擦《こす》る感覚がたまらなくて、亜耶は無意識に声をあげた。

「あっ……か、ちょ……ぁあぁあ、あ、あ、あっ」

「ああ。亜耶さんの中はたまらない。でも課長ではなく、名前で呼んでください。間違えたらお仕置きですよ」

腰を抱きかかえると、彼は熱いものをグイと押しこむ。

「あっ、ダメ、そこっ」

パチッと火花が上がるような不思議な快感に、亜耶は体をくねらせた。

「我慢できなくて性急に抱いてしまいましたから、ここからはゆっくり、私を感じてください。今から中でたっぷりイかせてあげます」

一旦体を引き体勢を整えると、彼はぬぷぬぷと浅い位置で抽送《ちゅうそう》する。

張り出した部分で感じやすいところを擦《こす》られながら、亜耶はヒクンと体を震わせ、愉悦に酔った。擦《こす》れる粘膜は亜耶に快楽しか与えない。先ほどまでの鋭い悦楽の寸止めに苦しんでいた体は、ゆっくりと貫《つらぬ》かれ甘やかされ、幸せな快楽を感受する。

彼は快楽に揺蕩《たゆた》う亜耶を観察し、片手で彼女の腰を抱いてもう一方の手でボタンを外す。絡みつくように亜耶の体に止《とど》まっていた彼の服を取り上げると、たゆたゆと揺れている胸に手を伸ばした。

「私に突かれるたびにこんなに揺れて、本当にヤラシイ。貴女《あなた》はこうやって男を誘うんですよね。

こんな不埒《ふらち》な胸は誰のモノか教えるために、ちゃんと苛《いじ》めてあげないと」

きゅっと人差し指と親指で硬くしこる突起を摘《つ》まれた亜耶は、高い声で啼《な》く。

「あ、そこ、ダメっ……ぁあっ、はぁっ」

「……ホントに亜耶さんはイヤラシイ。摘《つ》まんだだけで中がぎゅっと締まりましたよ。それにトロトロな蜜《みつ》がたっぷりと溶《と》け出てきた。ますます滑りがよくなって……たまらない。私の部下は、オフィスだと真面目なよい子ですが、ベッドでは本当にエロいエッチな子です」

徐々に深く貫《つらぬ》かれ、じゅぷじゅぷといかがわしい音が立つ。

亜耶は恭介の剛直に追い立てられていった。その行為はただただ気持ちよくて、気づけば淫《みだ》らな声で啼《な》いている。

「あぁっ……いや、課長、も、こすれて、オカシクなっちゃ……」

「課長じゃないでしょう？　もう一度言ったら酷《ひど》く犯しますよ？」

「あぁっ……か、ちがぅ。きょ、すけ、さ……あ、ダメ、恭介さん、も、アレ、来ちゃ……」

彼の名前を呼んで、何度も何度も緩やかに貫《つらぬ》かれているうちに、ずっと待ち構えたそれがついに近づいてきた。あの日彼の腕の中で覚えたあの感じ。

胸の先も花芽もじわんと熱を高め、耐えがたい快楽を訴えてくる。お腹《なか》の奥が疼《うず》いて、全部彼のモノになりたくて仕方ない。

「あ、あぁ……ふあ、……も……っと、奥まで、恭介さんで、イッパイに……して、ください」

「ああ、亜耶さんはほんとうに可愛い。私に貫《つらぬ》かれてこんなイヤラシイことばかりおねだりして。

もう満足ですか、そろそろやめますか？」

そう言いながら、わざと恭介は体を引く。本当にこういう時の彼は意地悪だ。意地悪されたって大好きだけど、ちゃんと最後までイカせてほしい。

亜耶は愉悦まじりの涙を浮かべて彼の逞《たくま》しい体に縋《すが》りつく。

「も、意地悪、しな、いで。お願い。イカせて。恭介さんので、イキたいのっ」

彼女はついに涙を零《こぼ》し、必死でおねだりした。

恭介の腰を追うように淫《みだ》らに腰をうねらせる。そして彼の腰に手を伸ばした。ぱちゅん、と音がして奥まで彼を受け入れるのと同時に、甘い吐息《といき》を漏《も》らす。

「はっ、きょ、すけさん、スキ、もっとぉ」

「……自然とそんな風に動くんですか？　本当にいやらしい腰つきですね。エロくおねだりできて、亜耶さんは本当にいい子だ。いい子は奥まで、たっぷりご褒美《ほうび》が欲しいのですよね」

耐えすぎて体中が敏感になった亜耶は、ぽろぽろと涙を零《こぼ》しつつ何度も頷《うなず》く。

もうあのオフィスの夜から快楽ばかり焚《た》きつけられている。彼が与えてくれる果てを求めて呼吸が苦しい。彼に抱かれて悦楽に溺《おぼ》れてしまいたい。

「好き、なの。感じて……恭介さんので、イッパイ、イキたいの……」

必死でねだると、ふわりと彼が笑みを零《こぼ》す。優しい唇が降ってきて、甘やかすように何度も啄《ついば》まれた。

「まったく貴女《あなた》って人は。そんなにくるわせたいんですか？」

くるわせるって何を？　そう思った瞬間。彼が身を起こし、亜耶の下肢をしっかりと押さえこんだ。亜耶の腰をきつく抱いて最奥まで激しく穿《うが》つ。

「ひあぁっ……あっ、あ、あぁああっ」

亜耶の中に深く突きささった楔《くさび》が最奥で体を激しく揺さぶる。抑えきれなくて深く突かれるたびに声が上がった。

今までが亜耶を徐々に高めるだけのモノだとしたら、ここからはひたすら彼に貪《むさぼ》り食《く》われるだけだ。その事実が嬉しくて、ゾクゾクと背徳感まじりの愉悦がこみ上げる。

熱を持った杭《くい》に何度もベッドに激しく縫い止められ、亜耶は必死に逃《のが》れようと手を彼のうなじに回す。

もう恭介のことしか考えられない。

彼の髪が汗で微《かす》かに濡れているのが凄《すご》く綺麗だ。優しくて意地悪な声音は素敵だった。大きな手に抱えられて、逞《たくま》しい体に抱かれ、彼の肌の香りを鼻腔《びこう》で感じ取る。

深く奥まで貫《つらぬ》かれ、淫《みだ》らな水音と、体がぶつかり合う音が室内に何度も響いた。荒い恭介の呼吸が、彼もまた感じていることを伝えてくる。

激しく体内を擦《こす》り上げられるたびに、内襞《うちひだ》の一つ一つが彼を求めて淫《みだ》らに蠢《うごめ》いた。

「はっ、亜耶の、ナカ、吸い付いて、来るっ」

ポタリ、と彼の額《ひたい》から落ちる汗すら愛《いと》おしくて。

「ああ。好きっ。大好き。もっと、奥まで、ほし……」

徐々に今まで以上に深く押し入り、亜耶の奥にコツコツと彼が当たる。じわっと全身に不思議な感覚が上がってきた。ガクガクと体が震え、お腹《なか》の奥から耐えがたい快楽が暴力的に引き出される。

「ああ。亜耶の奥がすごく熱い。もうイキたいんですね……我慢しなくていい。気持ちよくなって、いっぱいイッてください。亜耶が満足するまで何度もイかせてあげますから」

柔らかい瞳が亜耶の視線を捉《とら》え、とろりと笑み崩れる。次の瞬間、ぐりと熱棒に奥を抉《えぐ》られて、それをきっかけに耐えていた悦楽が一気に決壊した。

「ひぁっ……あっ、あああ、あぁぁぁぁぁあああぁあああ」

亜耶は目を見開いたまま彼に縋《すが》りつき、腰を高くつき上げる。深く彼を受け入れつつ、ヒクヒクと痙攣《けいれん》し、深い愉悦に達した。

「……亜耶は達する瞬間が一番エロくて、最高に可愛い」

額《ひたい》にキスが落ちてくる。ゆるゆると髪を撫《な》でられて、亜耶は悦《よろこ》びの余韻に体を震わせた。そっと落ちてきたキスを受けて幸福な笑みを零《こぼ》す。

「……ですが一回だけじゃ全然足りない。もっと可愛い亜耶をたっぷり見たい。今夜はあと何回、私ので達してくれますか？」

そのセリフと共に、達したばかりの体を貫《つらぬ》く彼の楔《くさび》に、亜耶は驚愕《きょうがく》した。強すぎる快感に体を跳ねさせる。愛《いと》おしげに呼ばれる自分の名前が呼び捨てになっていることなど、全く気づいていない。

「か、課長？」

「また名前を呼ばなかった。……ちゃんと呼べるようになるまで体に教えこんであげないとダメですね。それにさっきは前戯《ぜんぎ》が不十分だった。もう一度、始めからいっぱい弄《いじ》ってあげないと、エッチな亜耶には満足してもらえないですね……」

「かちょ、それ、ムリです。満足してます。あ、だめっ、あふぁっ……あぁあぁぁぁあぁ」

「また、課長って言いましたね。やっぱり体に教えこむのが一番早そうだ」

抱え直されて、まだ中で硬度を維持したままのモノを深く突きたてられた亜耶は、なすすべもなく、彼の抽送《ちゅうそう》に翻弄《ほんろう》される。

結局は最初の夜同様に彼に弄《もてあそ》ばれて、亜耶は意識をなくすまで淫《みだ》らな行為に付き合わされたのだった。

第六章　甘い朝の、予想外の来客

「うーん……」

頬に落ちるのは、柔らかな朝の日差しだ。ふわふわと心地よい感覚を頭に感じた亜耶は、ゆっくりと目を開いた。

「……おはようございます」

「──っ」

先に挨拶《あいさつ》をされ、その人と自分との状況に、思わず目を見開く。

彼女の顔を覗きこむ人が至近距離にいた。そして、彼女の首にはその人の腕が回り、自分は彼の肩口に顔を乗せているのだ。

(こ、これは世間様で言うところの、腕枕というやつでは？)

なんだか、とっても恋人的な位置関係にある……けれど次の瞬間、景色が普段のモノ──緑色じゃないことに気づいて、亜耶は心から安堵《あんど》する。

滅茶苦茶なことをした夜だったけれど、彼の命を救うことはできたらしい。

「あの……私、昨日……ごめんなさいっ」

ホッとした瞬間、こんな状況になっている自分に再び焦《あせ》って亜耶はこの場から逃げ出そうとした。

そんな彼女をやんわりと捕獲して、彼は機嫌よさそうに額《ひたい》にキスを落とす。

「なんで謝るんですか。昨日の亜耶さんは……とっても……可愛かったです。昨夜の亜耶さんも、寝ている亜耶さんも、今、目覚めた亜耶さんも……」

ベッドで裸のまま彼の腕の中、という普段と違いすぎる状況と彼の甘い表情に、亜耶はじわっと体中に熱を感じた。

「あの……あ、あの……」

明るい日差しの中でそんな素敵な笑みを見せられて、しかもこんな状態で……

（私、どんな顔、したら……いいの？　てか、服、せめてパンツは穿《は》かせてっ……）

必死で助けを求め、視線をあちこちに向ける。

昨日散々翻弄《ほんろう》された逞《たくま》しい裸体に抱きしめられている今、目の前の人を直視したら、色っぽいしカッコいいし、またふにゃんって力が抜けるから、絶対。

（もう心臓が持たないよ。日常を私に返してっ）

とにかくこの状況をなんとかしなければいけない。焦《あせ》って喉がひゅうと鳴る。昨日声を上げすぎたのだろう。刹那《せつな》、喉が痛くてゴホゴホと咳《せき》こんでしまった。

すると、気遣い屋の彼が亜耶の顔を覗きこむ。

「喉、大丈夫ですか？　この部屋、乾燥してますか？　とにかく風呂を今沸かしますね」

（う、優しい……）

ふわりと亜耶の髪を撫《な》でた恭介は、ベッドから抜け出した。そこで亜耶は、彼がズボンの下を穿《は》いていることに気づく。自分は裸のままなのに。

妬《ねた》ましく思って目線を向けると、彼はにっこりと笑ってミネラルウォーターのペットボトルを渡してきた。受け渡しの合間にも亜耶の唇にキスを落とす。

「本当はもう少し……ベッドで一緒にいたかったんですが、多分間違いなくそれだけじゃ収まらなくなるので。お腹《なか》も空《す》いたでしょう？　何か食べるもの、用意しますね」

それだけ言うと彼は部屋を出ていき、亜耶はようやく布団から抜け出した。

こっそりタオルに押して乾かした下着を身につける。室内の椅子に掛けられていた彼のパジャマの上を借りると、ようやくひと心地ついた。

「……亜耶さん？」

（パンツって大事……心の平安方面に関して）

そんなことを考えた瞬間、扉の向こうから声が掛かる。亜耶は慌ててピンと背筋を正して、答えた。

「な、なんでしょう？」

「風呂入れたのでよかったら使ってください。終わったらリビングの方に。簡単な朝飯でよければ用意させてもらいますので」

（課長が朝食を作ってくれるの？　朝のフォローまで完璧ってどういうことですか）

スパダリってきっとこういう人のことを言うんだ。そう感じつつ亜耶はお風呂を借りることにした。

＊＊＊

「……朝食、どうぞ」

いつの間に着替えたのだろうか。ジーンズとシャツのラフな格好をした恭介にうっかり見惚《みほ》れていた亜耶は、照れ笑いを浮かべた。

「亜耶さん、もう着替えてしまったんですね。残念です」

昨夜から変わったのは、彼が下の名前で呼んでくれるようになったことだ。

亜耶は来た時と同じカットソーとスカート姿に戻っている。

「は、はい。服、お借りしてしまって……すみませんでした」

どうやら、日常と昨日の夜の非日常の間のどこに自分たちを置けばいいのか、二人とも迷っているらしい。

「洗濯しますので、そのまま置いてくださったら。あ、コーヒー淹《い》れたので座ってください」

亜耶が持っていたパジャマの上を受け取ると、洗濯機を回すためか、恭介は姿を消した。亜耶はダイニングの椅子に腰かける。机の上には既《すで》にサラダが置かれていた。

しばらくして戻ってきた彼は、亜耶にトーストとオムレツを出してくれる。

「これ……全部、今作ったんですか？」

亜耶の言葉に小さく笑う。

「こんなものですみません。冷蔵庫に何もなかったもので」

「いえ、凄《すご》いですね。あ。あの、いただいてもいいですか？」

ふわふわと湯気《ゆげ》を上げているコーヒーとオムレツを見て、お腹《なか》がちいさくくぅっと鳴る。亜耶が訊《たず》ねると、恭介は瞳を和《やわ》らげて笑った。

（あ、眼鏡のデザインが違う……）

普段掛けているのは銀縁《ぎんぶち》なのに、今はもっと柔らかい印象のフチなし眼鏡を掛けている。前髪も自然に下りていた。そんな発見だって嬉しい。

二人は互いに顔を見合わせて笑い、幸せな気持ちを共有する。

「……私としては、先に亜耶さんをもう一度食べたかったんですが……」

彼が亜耶の頬に触れて、キスを落とす。唇が触れた瞬間、彼女の胸はきゅんっと鼓動を上げた。

「……困りました。もう、亜耶さん不足で飢えてきました。やっぱり食事は後にすればよかったですね」

非常に残念そうに言われる。

昨日あれだけしたのに、それってどういう意味ですかっ。そう聞くと藪蛇《やぶへび》になりそうなため、慌てて亜耶はフォークを持って、ふわふわのオムレツに向かった。

——その瞬間。

「恭介ぇ〜、起きてるんでしょ、さっきこっちに戻ってきたのよ。ちょっとここで寝かせてよ。……てか下のコンビニ、なんか強盗が入ったんだって。警察が来てバタバタやっているんだけど、知ってる?」

ガチャガチャと鍵の鳴る音と共に、玄関の扉が開く。突然聞こえてきた女性の声にびっくりした亜耶は、フォークを皿の上に落とした。

慌てて彼が立ち上がり、部屋の入り口を見る。

「誰、その子?」

入ってきたのは、パンツスーツに身を包んだ、凛《りん》とした表情の綺麗な女性だった。長いストレートヘアが美しく、目元のほくろが色っぽい。

「恵理佳《えりか》。なんでいきなり……え、鍵は?」

「あこれ? 前、預かっていたやつ。てか誰、この子。……私に説明もなく、連れこんでいるってどういうこと?」

じーっと見られて、亜耶はその場から逃げ出したくなる。

彼が名前を呼び捨てにする綺麗な女性。そのうえ、彼の部屋の鍵を持っている。それはどう考えても普通の関係には思えなかった。

もっとも、朝からこうやって彼の部屋で朝食を食べている自分も、冷静に考えれば普通の関係とは言えない。

(こ、これはまさか、修羅場《しゅらば》、みたいな?)

焦る亜耶を置いて、恭介は淡々と女性に言葉を返す。

「……貴女《あなた》に説明する必要はないです。というか、下のコンビニで強盗があったってどういうことですか？」

（あ、やっぱり強盗事件起きたんだ）

「あの、その事件で、誰か怪我《けが》したりとかは……」

咄嗟《とっさ》に出たセリフは、あまりにもその場に似つかわしくないものだ。女性がきょとんと亜耶を見返した。

（だって……課長のフラグ折ったのはいいけど、代わりに他の人が怪我《けが》したんだったら申し訳ないし……）

などという亜耶の気持ちは、当然二人に伝わらない。

「ええ、怪我人《けがにん》とかはいないようだけど……というか、そんなのどうでもいいわよ」

亜耶がほっと安堵《あんど》の息を漏《も》らすのと同時に、女性がつかつかと歩み寄ってくる。そして亜耶の顔をじっと見下ろした。

「ん……この子見たことあるわね。ああ、総務の若い子かしら。恭介、部下に手を出したの？」

「……人聞きの悪い。どちらにせよ、貴女《あなた》に説明する必要はありませんね」

「あら、そうかしら？」

女性は艶然《えんぜん》と赤いルージュを引いた口角を上げて笑う。亜耶の瞳を見つめながら、挑発するように恭介の耳元に唇を寄せた。

その内容は聞こえない。

「ばっ……馬鹿なコト……過去の話じゃないですか」

耳元で何かを囁《ささや》かれた恭介が、かっと顔を紅潮《こうちょう》させて、彼女に言い返す。

「貴方は過去にしたいのかもしれないけれど……。ね、彼、ちゃんと貴女《あなた》を満足させた？」

にっこりと笑うその表情は、あまりにも綺麗すぎる。けれど、言い方はなんだか今までの幸せな一夜を壊すみたいで怖い……

「あ、あの。私、お邪魔みたいですね。帰りますっ」

明らかに自分より彼と親しそうな女性に、自分こそこの場に似つかわしくないんだと考える。幸せすぎた昨日の夜を壊したくないこともあり、亜耶は手元にあったカバンを持ってダッシュで部屋を飛び出す。

「――亜耶さんっ」

声が聞こえた気がしたものの、恭介は突然の来客を置いてまでは亜耶の後を追ってこなかった。

＊＊＊

きっと……あの人、彼と何かある人なんだ。

亜耶は本能的にそう思った。

もしかしたら今も……

（あれかな、浮気している現場を見つかった彼氏って感じなのかも。でもあの女の人、すっごい余裕そうだった。うーん……どこかで見た気もするんだけど、うちの会社の人かな……）

エレベーターという閉鎖空間に入ると、じわりと涙が浮かんでくる。

（あああああ。やだやだやだ。浮かれてた自分が全部嫌だ。なんか……一人で盛り上がっちゃって……）

くっと唇を噛みしめて、エレベーターの表示板を見上げる。下を向いたら涙が零《こぼ》れそうだ。

（課長、素敵な人だから、綺麗な彼女とかいてもおかしくないし。あの雰囲気、長く付き合っている感じだった。私なんて、自分から必死にお願いして課長にお持ち帰りしてもらっただけだし……。でも、私だって課長に付き合っている人がいるって知ってたら……あんなことしなかったのに。……だけど……いいんだ、緑のフラグ折れたから。だから……）

たとえ浮気相手にされて、結果として大好きな彼に弄《もてあそ》ばれただけだったとしても、それでもやっぱり……

（……現在進行形で好きなんだもん）

本気で自分のことを馬鹿だと思う。

それでも彼が好きだ。普段の職場の彼も、二人きりで会話する時の優しい彼も、恋人みたいに振る舞ってくれる彼も。……亜耶に触れる時の彼はいつだって、本当に優しくて大事にしてくれているように思えたから……

（全部全部、大好きなのに。あんなことがあって、もっともっと好きになって、好きでどうしようもないの。……でも結局こうなるように仕向けたのは、私だし……）

女性にあんな風に迫《せま》られて、受け入れてしまうのは男性だったら仕方ない。そう分かっていても……荒れくるう感情を抑えきれない。

ポン、というエレベーターの到着音で、ほんの少しだけ冷静になる。

大きく息をついてエレベーターを降りると、亜耶は朝の明るい光の差しこむエントランスを歩いていく。

最寄りの駅に向かう途中、パトカーが止まっている昨日のコンビニの前を通り過ぎた。

(そうだよ。課長が……刺されたりしなくて、本当によかった。それが一番大事なことだよね)

そう本気で思えたから。後悔なんて全然ない。そう自分に言い聞かせる。

(とにかく家に帰ろう。それで今日は土曜日だから、明日まで掛けて全部忘れる。もう、課長にフラグが立つことなんてないだろうし、これで、こんな関係は全部オシマイ)

恭介のことは好きだけど、こんな風に歪《ゆが》んだ形で繋がった関係なんて、なんの意味もない。

(もし、あんな形じゃなくて、ちゃんと告白したら、普通にお付き合いを始められる可能性もあったのかな……)

色々考えていると、外なのに涙腺が決壊しそうになった。

早く家に帰ってお布団にくるまり、失恋ソングでも聞いて思いっきり泣こう。盛大に泣いたら、きっとスッキリする。

その日と翌日。本当に布団にこもって自己憐憫《れんびん》に浸《ひた》りまくり、亜耶は泣き続けて過ごしたのだった。

＊＊＊

「……亜耶。今日ランチ一緒に行こう」

月曜。朝、職場に行くと、亜耶の顔を見た早苗にいきなりそう言われた。

「う、うん……いいよ」

「……でもって。今日午前中は、倉庫の整理でもしていたらいいよ」

心底同情したように声をかけ、倉庫の鍵を渡してくれる。やっぱりバレバレなほど、顔が腫《は》れているのだろうか。

今、見慣れた席には恭介の姿はない。亜耶はホッとしたような、寂しいような複雑な気分になる。

ホワイトボードには午前中の彼の予定が書かれていた。役員会議に出席することになっている。

(役員会議になんで課長が？　まあどうでもいいか)

そんなことを思いながら、ホワイトボードから視線を逸《そ》らした。

テンションが上がらない亜耶は、午前中は倉庫の整理をする。そして、少し早めの時間に会社を抜け出して、早苗と一緒にランチに行った。早めに仕事を切り上げるのは本当はダメだけど……今日くらいは許してほしい。

「……で、何があったの。その顔」

早苗は朝のうちに、個室ブースのあるレストランを予約してくれた。だから、安心してなんでも話ができると言う。

「……あの。私、失恋しちゃった……みたい」

ずっと誰かに聞いてもらいたかったのかもしれない。しかも相手は、情報を探り出すことが上手《うま》い早苗だ。あっという間に真実が彼女に伝わることになる。

もちろん死亡フラグのことは伏せて、なんとなく関係を繰り返してしまった自分たちの話を早苗に告げると、彼女は顔を歪《ゆが》めて、「あのエロ課長……」と毒づいた。

「課長は悪くないの、だって私が酔った勢いとかで迫《せま》っちゃっただけだし……」

亜耶の言葉に、早苗は小さくため息をついた。

「いや、多分課長も亜耶のことは気に入ってたと思うよ。けどなあ……その女、何者だろう。で、その後、課長から連絡もなし？」

亜耶は早苗に頷《うなず》く。

冷静に考えてみたら、個人的な連絡先すら交換していなかったことにも気づいた……

（……もうどうでもいい）

二日間泣いてなんだか諦《あきら》めがついた亜耶は、小さく肩を竦《すく》めて早苗の言葉を肯定する。

「しかし、えりか、って呼んでたのか。うーん。どっかで聞いた名前なんだよね。亜耶が課長の部下ってすぐ分かったってことは社内の人間ってことだもんね。……あ。えりかって須藤《すどう》恵理佳かな」

情報通の早苗は脳内データを解析後、ピンと来たらしい。

「あのさ、身長が高いスレンダーな体型で、ロングのストレートヘア。アジアンビューティって感じの切れ長のクール系じゃない？　こう、目元に涙ぼくろがある」

自分の目の下あたりを指さして訊《たず》ねる早苗の言葉に、亜耶はあの日会った女性の顔を思い出し、コクリと頷《うなず》く。

「なるほどね。多分その人、元法務課にいて、今は海外事業部に異動になった才媛だわ。荻原課長の同期で院卒だったはずだから、課長より二歳くらい年上かな？　一応独身」

その言葉を聞いてなんだか妙に納得してしまう。恭介より年上。確かに余裕で彼を御している感じがあった。

「そか、そんなすごい人が恋人なんだ……」

「いや、それは確定じゃないと思う。須藤女史って去年からシンガポールの海外事業部の法務整備に異動になっているし。もし付き合っていたとしても遠距離恋愛じゃない？　そもそもうちの課長って誰かと付き合っているって噂《うわさ》はなかったはず……」

うーんと早苗は悩む。

「でも、お互いに呼び捨てで呼んでたし、そもそも合鍵持って何も言わずに部屋に入ってきたんだよ。ある程度深い関係なんじゃないかなって、思うんだけど……」

みとめたくないけれど……やっぱりそういうことなのだ。亜耶はふうっと小さくため息をつく。

「……だとしてさ、亜耶はどうするの？」

運ばれてきたコーヒーとデザートを受け取りながら、早苗が亜耶に向かって訊《たず》ねた。

「どうする……って？」

「そのさ、謎のオンナ出現で……課長のこと、諦《あきら》めるの？」

じっと覗きこまれて、亜耶は居たたまれない気持ちでカップを両手で包む。可愛いラテアートを崩さないようにそっと唇にカップを押し当てた。

（だって……私なんて、フラグを折るために無理やり迫《せま》っただけだし……自分から『据《す》え膳《ぜん》』になりに行ったようなものだし）

そこまでは早苗に言っていないので、希望的な意見を言ってくれているのだろう。

二日間冷静に考えた亜耶は、あれは毎回、自分が誘っていると見なされると気づいたのだ。

……あんなに露骨に迫《せま》られたら、普通の男性は受け入れてしまうのだと思う。たとえ真面目な恭介だったとしても。

「亜耶、やっぱり課長に直接、事情を聞いてみる方がいいよ。そうでないとダメだとしても諦《あきら》めがつかないでしょ？」

早苗の言っていることは絶対的に正しい。

（私にはまだ、その勇気がないだけだ……）

なんとか恭介を諦《あきら》める方向に気持ちを持っていって、そこでギリギリ安定させているのだ。ちょっとでも希望を持つと、あっという間に今の均衡が崩れそうだ。

そんな風に不安定でグラグラしている亜耶を根底から崩す魔の手がもう一つ待ち受けていることなど、彼女はまだ気づいていなかった。

＊＊＊

午後からは恭介も席に戻っており、亜耶はその姿を見るたびに胸が痛むのを必死にごまかしていた。

恭介の表情は悔しいほどいつもと変わらない。週末にあんな顔をして、亜耶を抱いた人とは全く思えなくて、ため息を零《こぼ》す。

「藤野さん、ちょっといいですか？」

「は、はいっ」

密《ひそ》かに観察していると名前を呼ばれて、亜耶は焦《あせ》りながら席を立った。仕事のことなのか、それともこの間のこと……だろうか？

「この間提出していただいた研修施設に関しての書類なのですが……」

恭介の机の前に行き、話を聞く。手元に小さなメモを持っていた恭介は、それを亜耶に渡した。

そこには――

『一度、時間を取ってほしい』

そう書かれていて、胸がきゅんと跳ね上がる。

まだどこかで期待しているのだ。

あの日、彼が抱きしめて言ってくれた言葉だけが真実だったらいいのに。

「あの……」

はい、と応えようとした時。

「――荻原、さっきの件だが、ちょっと今いいか？」

振り向いた先には、一人の男性がいた。ラフなチノパンに明るい色のシャツをノーネクタイで着ている。

「里田《さとだ》社長……」

そこにいたのはこのフロアではなかなか姿を見ることがない、亜耶の会社のトップだった。彼女は咄嗟《とっさ》にその場を譲る。

「……ふーん藤野、さんね」

亜耶の社員証を見て、里田はニヤリと笑う。

「おい、荻原。総務に置いておくには勿体《もったい》ないくらい可愛い子だな。秘書課にスカウトしてもいいか？」

いきなり軽口を叩《たた》かれて、亜耶は目を丸くした。

「……どういう意味ですか。というか勘弁してください。藤野さんはうちの課の大事な人材なので遠慮します。用件があるんですよね。ミーティングブースに移動しましょう」

恭介はそれだけ言うと、里田を誘って移動する。

亜耶はそれを見送ると、手のひらに握っていた恭介からのメモを確認した。どんな話をされるのか怖い。

でも……もう一度二人きりで会えるなら。

ちゃんと話を聞こうと彼女は決意したのだった。

＊＊＊

その後、社長に連れ出されて恭介がどこかに行ってしまったため、メモの約束の予定を決めることができずに、亜耶は帰宅の支度を始めた。正直今日一日、恭介と同じ空間で仕事するだけで精根尽き果てた気分だ。早く家に帰ってゆっくりしよう。

そう考えていたのだが、オフィスを出たところで、突然声を掛けられた。

彼女はうっかり足を止めてしまう。振り向いた瞬間、家でのんびり過ごす予定が、崩れ去ったことを知った。

「……藤野亜耶さん？　先日はどうも」

にっこりと笑って亜耶を捕まえたのは、アジアンビューティな才媛。

「あの……先日は失礼しました」

慌てて頭を下げた亜耶は、その場を立ち去ろうとする。

「ねえ……ちょっと時間いいかな？　お茶か……この時間だったら、ご飯でも食べていかない？」

けれど、アジアンビューティに二の腕を掴《つか》まれていた。通り過ぎる人たちの視線が気になって、亜耶は返す言葉を失う。

「ふふ。奢《おご》ってあげるし。何か美味《おい》しいものでも食べに行こ」

「え？」

「今日の夜、用事ないよね？　じゃあ行こうか」

その隙をつかれて、そのまま強引に夜の街に連れ出されている。

気づくと亜耶は、その女性……須藤恵理佳に、会社近くのビルの上層階にある創作和食の店に引っ張りこまれていたのだった。


「――はい、カンパーイ」

いきなり生ビールを二人分頼むと、恵理佳は亜耶とジョッキを合わせた。亜耶は何故《なぜ》この人とこんなところで食事をしているのか理解できず、言葉を失ったままだ。

「……藤野亜耶さん。総務課勤務三年目。恭介の部下になって二年目ってことよね？」

しかも恭介から聞いたのか、自分で調べたのか事実確認されて、彼女は黙ってこくりと頷《うなず》く。

勢いで口を付けたビールはただただ苦いだけで、のど越しも悪く、臓腑《ぞうふ》に上手《うま》く落ちていかない。

「あの……」

名前すら聞いていないので、須藤さんと呼んでいいのか分からない。困って見上げると、ようやく恵理佳は名乗っていなかったことを思い出したらしい。

「ああ、ごめんなさい。私は須藤恵理佳。元々法務課にいたの。今はシンガポールにあるウチの海外事業部で、契約関係の法務を担当しているんだけどね」

「……そうなんですか」

その才媛が私になんの用事だろうという亜耶の疑問に気づいたのか、彼女はすぅっと目を細めて笑った。

「で。貴女《あなた》は恭介とどういう関係？」

ズパンと音がするくらいストレートに訊《たず》ねるので、亜耶はビールのジョッキを取り落としそうになる。慌てて両手でジョッキを掴《つか》み直した。

「ど、ど、どういう、関係って……」

焦って挙動が怪しくなる。

（課長に死亡フラグが立つたびに、毎回エッチなことをする……だけの関係？）

いやいやいや。恭介本人にすら説明できないのに、目の前の女性に説明できる気はしない。

「……少なくとも恭介の部屋に連れこまれてお泊まりする関係？」

「あ、あの……この間が……初めて、です」

現場を見られているのだから否定しても仕方ない。

それにしても、どうしてこの人はこんな話をするのだろうか？

「ふーん、で。恭介と付き合っているの？」

そう訊《たず》ねる貴女《あなた》はどういう関係なんですか。そう聞きたいけれど怖くて聞けない。だから、亜耶は顔を力なく左右に振った。

「なるほどね。その程度の曖昧《あいまい》な関係で上手《うま》くやっているってことね。だったらいいわ」

（それって……どういう意味ですか）

それ以上言い返さない亜耶を見て、恵理佳は機嫌よさそうに笑うと目の前に並ぶ料理に手を付けた。

「あ、あの。須藤さんこそ、課長とどういう関係なんですか？」

感情を抑えこもうとした声は、思った以上にドスがきいている。そんな自分に焦《あせ》ってしまう。だが、恵理佳は全く動じなかった。

「恭介？　同期よ。まあ学生時代からの付き合いもあるし、『それだけ』の関係でもないけれどね……」

赤いルージュを引いた唇の端をゆっくりと上げ、艶然《えんぜん》と微笑《ほほえ》む。年上の女性ならではの成熟した色香に亜耶は圧倒された。

（そ、それって恋人関係ってことですかっ）

心の中で叫んだものの、確かめるのが怖くて、言葉に出して聞けない。

「で。藤野さんは、彼が貴女《あなた》のこと、どう思っているか聞いた？」

亜耶は言葉を返す気力を奪われる。

あの日、『貴女《あなた》が好きだから触れたい』とは言われたものの、そんなのその場の流れかもしれない。

（好きだから、付き合ってください、と言われたわけじゃないもの……）

「……ふーん。恭介ってば相変わらずなのね。はっきり言葉にしないで、ずるずると部屋に連れこんで……」

恵理佳は相当厳しいことを言っている。

(『それだけ』の関係じゃないって……この人と課長って、やっぱり恋人?)

「まあ、こっちとしては恭介を勝手に持っていかれても困るのよね。ちゃんと筋は通してほしいわ」

さっきまで微笑《ほほえ》んでいたのに、すぅっと睨《にら》むように目を細める。亜耶はまたもや言葉を失った。

「……筋を通すって……?」

「彼、なんでもできて便利だし。恭介が貴女《あなた》に本気で惚《ほ》れて口説《くど》いてるっていうなら話は別だけど、彼、この間も私を置いて部屋を出ていったりしなかった。つまり貴女《あなた》への関心はそれ止まり。私の方が大事ってことだと思わない?」

(そんなこと……わざわざ言われなくたって分かってる)

ぽんぽんと吐かれるセリフの苛《か》烈《れつ》さと高飛車さに、亜耶は反論ができない。ただ胸にこみ上げるのは、目の前の女性に対する嫉妬《しっと》と怒りに似た感情。

亜耶は膝《ひざ》に置いた手のひらを、スカートごと握りこむ。息を詰《つ》めて目の前の人を睨《にら》み付けた。

(……この人、嫌いだ)

本能的に黒い気持ちが湧く。

恭介は本当にこんな人のことが好きなんだろうか。これほど屈辱的なことを言われても、彼女と別れないとは。

次々と出される創作料理はどれも美味《おい》しいのだと思う。この店の料理はけして安くないはずだ。

そんなキラキラと輝いている料理を、恵理佳は亜耶に睨《にら》まれていることも気にせず、綺麗な箸遣いで食べていく。

一方、亜耶は全然箸が進まなかった。

「……あら、食欲ないの？　まあ、悔しかったら本気で獲りに来たらいいじゃない。そうする根性もないなら、恭介のことはさっさと諦《あきら》めて。そもそも恭介はエッチ目的だと思うし。一人で東京にいるせいで、アレコレ溜まっているんだと思うのよね」

それだけ言うと、彼女はあっという間に食事を平らげて、鳴り出した電話を取り上げる。英語で話をはじめ、亜耶に手をひらひらと振って個室を出ていった。

亜耶は呆気《あっけ》にとられて、その背中を睨《にら》み付ける。

（課長のこと……なんだか分からなくなっちゃった……あんな人が……いいの？）

ふと手帳に挟みこんでいた先ほどの彼のメモを思い出して、手帳を広げた。そこには、『時間を取ってほしい』という彼の言葉が載っている。相変わらず几帳面で綺麗な文字だ。

冷静すぎるその文字を見ているうちに、どうしようもない苛立《いらだ》ちが湧く。

亜耶は衝動的にテーブルの端に置かれていた灰皿へ向かって、メモを文字が読めないくらい細かくちぎって落とす。通りかかった店員にその灰皿を持っていってもらった後で、はぁっとため息をついた。

（単にエッチができたら……誰でもいいってことなのかな。そりゃそうだよね、毎回私から意味もなく迫《せま》ったんだし。彼女が海外にいて寂しかったら、ちょうどいいって手を出すよね……）

なんでこんな関係になってしまうのだろうと思っていたけれど、それはやっぱり彼にその気があったからなのだ、とようやく気づいた。そして安易に何度もそういう関係に持ちこまれていた自分自身の迂闊《うかつ》さにも……

（でも、だったら、あんな甘いこと言わないでくれたらよかったのに。体目的だって言われた方がずっと……スッキリしたのに）

ふと内腿《うちもも》に落とされたキスマークを思い出す。

執着《しゅうちゃく》している、みたいな言葉なんて言わないでもらいたかった。そうしたら、わけが分からないまま毎回エッチする羽目になっちゃう馬鹿な自分って割り切れたのに。

元々は恭介のフラグを成立させたくなかっただけ、彼がいなくなってほしくなかっただけ、なんだし。

亜耶が彼を死なせたくなかっただけ。

もちろん、きっと彼だって死にたくないだろうけれど、ちゃんと恭介に事情を説明することを避けて安易に自分の体で引き留め、流れでそうなっていたのだから、彼を恨むのは筋違いだ。

亜耶は綺麗に盛り付けられたお膳を見たものの、食欲は湧かない。怒りなのか悲しみなのか分からない感情を抱えて、料理を見つめている。

目の前の食事は、手をつけられることもなく、できたてのキラキラした状態から徐々に冷めて乾燥していった。

（なんか課長に緑のフラグが立つようになってから、私、ずっとおかしかったのかもしれない）

好きな人に近づけて触れてもらえて嬉しかった。けれど、ここから先は、どんどん物珍しさもなくなって……。もう美味《おい》しくなくなった料理だと、亜耶は彼に思われているのかもしれない。だとしても——

(ちょっとぐらい高くても、絶対あの人には奢《おご》られないんだから！)

たとえ収入が別格でも、一人の女としては負けたくない。

亜耶は自分のちっぽけなプライドにかけて財布を握りしめ、恵理佳が戻ってくるのを待ち構えていたのだった。

第七章　焦燥《しょうそう》する彼にお仕置きされて

恵理佳と話をした日以来、亜耶は恭介を避けるようにして仕事をしていた。

あの後もたびたび恭介からメモを貰ったけれど、会えば流されてしまうのが分かっていたため、わざと気づかないふりを続けている。

（やっぱり好きだから……遊び相手にはなりたくない）

こうしていれば、死亡フラグが立つ前の、普段どおりの上司と部下の関係に戻れそうな気がしていた。

（戻れないのは私の気持ちだけ……）

彼がつけた内腿《うちもも》のキスマークは徐々に茶色く掠《かす》れ、消えかかっている。すべては時間が過ぎて元どおり。

早苗曰《いわ》く、恵理佳は社長のいるフロアで姿をよく見かけたけれど、気づくと姿を消していたそうだ。おそらくシンガポールに帰ったのだろう。

正直ほっとしたものの、恭介も来週、社長の視察に付き合ってシンガポールの海外事業部に出張する予定があるのが気になる。

（仕事とはいえ、恵理佳さんのところに……課長が行くってことだよね）

きっとその頃には、秘密の痕《あと》は完全に消えて、日常が戻っているはずだ。

（……私の気持ち以外は……）

亜耶は慌てて顔を左右に振る。

「……えっと、机は元に戻っている。書類は残ってない。ゴミは全部捨てた……よし、オッケー。席に戻ろうっと」

亜耶が一人で会議室の始末をして、部屋を出ようとしたその時、ぎぃっと小さな音を立てて扉が開く。

「藤野さん、ちょっといいですか？」

亜耶のもとにやってきたのは、恭介だ。

彼の表情が普段の穏やかなものとは違っている気がして、亜耶は自分の胸の鼓動に気づかないフリで言葉を返す。

「はい、なんでしょうか……」

「……この間のこと、話をしたいと思っていて……何度か声をお掛けしても、亜耶さんは逃げてばかりでしたから……」

亜耶さんって……ずるい。こんなタイミングで、下の名前を呼ぶなんて。

「……逃げて、なんていません。ただ……もう、話をする必要はないですから……」

（そう、死亡フラグが立ってない今、私が身を挺《てい》して課長を足止めする必要なんてないんだから）

亜耶は彼の顔をできるだけ見ないようにして、抑制した声で呟《つぶや》く。

「必要が……ない、とはどういう意味ですか？」

彼の手が、照明を消そうとしていた亜耶の手を捉《とら》えた。大きな体で覆《おお》うように押さえこまれ、あっという間に彼の腕の中に拘束される。

強引な恭介に、先日触れられた時の感覚を思い出し、亜耶は消えかけた痕《あと》が甘く疼《うず》くような気がした。

「据《す》え膳《ぜん》食《く》わずば……みたいなものですよね。男性だったら仕方ないと思います。そもそもあんな風に足止めした私が悪いんだし。でも、もういいんです。私は私の目的を達成できたから……」

このままこの状態でいたら、きっとまた彼に触れられたくなってしまう。そんな必要もないのに、フラグを回避しようとしたあの時みたいに、自分から恭介を誘惑するかもしれない。

「『私の、目的』？」

恭介は眼鏡の奥の目を訝《いぶか》しげに細めた。

手首を拘束していた彼の手の力が微《かす》かに弱まったのを確認して、亜耶はするりと腕の中から逃げ出す。

「……はい。だから、もういいんです。もう……放っておいてください。課長と私の間には何も特別な関係はないんです」

それだけ言うと、会議室の鍵を彼に押し付け、廊下を全力で走った。階段を駆け上って自分の席に戻ると、はぁはぁと荒い息をする。

そんな亜耶を同僚たちは不思議そうに見た。

「……亜耶さん？　どうしたんすか？」

「ちょ、ちょっと今、階段……一気に、駆け上がって……息がっ……」

掛けられた声に顔を上げて、亜耶ははぁっとまた荒く息を継ぐ。宅配便の配達を終えたらしい尚登が、心配そうな顔をしていた。

慌てて笑顔を作った刹那《せつな》、オフィスに戻ってくる恭介の姿が目に入る。亜耶が押し付けた会議室の鍵を持っていた。多分戸締りをして、エレベーターで戻ってきたのだろう。表情は冷静だが、微《かす》かに苛立《いらだ》ちと焦燥《しょうそう》を孕《はら》んでいるように見える。

亜耶の視線を追って振り向いた尚登は、恭介の様子を見て、より一層魅力的な笑みを亜耶に向けた。

「亜耶さんがそんな顔をしていると、俺、すごく心配です。明日、仕事休みなんですよ。やっすい店しか無理ですけど、ご馳走《ちそう》するんで、一緒に夕飯でも食いに行きましょうよ」

柔らかい表情の尚登の言葉。ときめきを感じたりはしないけど、優しい言葉がすぅっと亜耶の胸に落ちていく。

「佐藤くん……誘ってくれて、ありがと。せっかくだから行こうかな。でも会計は割り勘でいいよ」

「オッケーです。じゃあ後でメールしますね」

亜耶の返事に尚登はにっこりした。

亜耶は無意識で恭介の様子を確認してしまう。だが彼は、亜耶と尚登の会話の間、一切二人に視線を向けることはなかった。

＊＊＊

「――藤野さん……少し残業になるかもしれませんが、構いませんか？」

「はい、分かりました……」

急に掛けられた恭介の声に、亜耶は何とも言えない不安な気持ちになった。

昨日尚登に誘われ、六時に夕食の約束をしている。

だが仕事優先だ。遅れるようならメールを送ってほしいと言われていたし、ムリだったらキャンセルして、と尚登は言ってくれていた。

亜耶は一呼吸おいて恭介の言葉に頷《うなず》く。仕事のことだと分かっているのに、つい何かを期待してしまう。

（やだな……こんな自分）

中途半端な形になるなら、いっそ彼を撥《は》ねつけたい。そう思っているのに、気持ちが浮つく。

昨日みたいな曖昧《あいまい》な断り方ではなくて、はっきりと『課長のことが好きだからこそ、こういう関係は嫌だ』と言おう。そうすれば、自分の気持ちに嘘をつかなくて済む。

早苗が手伝おうかと言ってくれたけれど、亜耶は断り、恭介に指図されたとおり、頼まれた大量の資料を持って資料室に向かった。

山のような資料を一つずつ確認し、ファイリングする。

「これ、結構多いな……」

これは……どうやっても残業コース間違いない。

亜耶はため息をついて、尚登に申し訳なく思いながらキャンセルのメールを送った。

（そういえば……この間も資料室で作業していたら……）

初めて恭介と二人だけで食事をした夜のことを思い出して胸がぎゅっと痛くなる。あの時に戻れたら、今度はもう少し上手《うま》く立ち回れるだろうか。

物思いに沈みながら、手だけは動かし続ける。

既《すで》に時計は六時半を回っていた。退社時間を過ぎた社内は、昼間のざわめきが嘘のように静寂に包まれている。

その時、ノックもなしに静かに扉が開いた。

「……課長」

そこにいたのは、いつもどおり冷静な顔をした恭介だ。彼は後ろ手で扉を閉めると、カチャリ、と小さな音を立てて内鍵を掛ける。

（……？）

なんでそんなことをするのだろうと亜耶が視線を上げると、彼は表情の読み取れない薄い笑みを浮かべていた。机の上に置かれていた亜耶の持ってきた鍵の上に、自分の持ってきた鍵を載せる。

「これは、この資料室のマスターキーです。亜耶さんの持ってきた鍵とこれで、社内にある使える鍵は全てです」

「……どういう意味ですか？」

冷たくて固い彼の声に、亜耶は手を止めた。

「……今、私がこの部屋の鍵を内側から締めました。外からこの資料室に入る方法はなくなった、ということです」

ゆっくりと恭介が亜耶に近づく。

「つまり、ここは今、貴女《あなた》と私、二人だけの密室になった、ということですね」

次の瞬間、亜耶は後ろから抱くように恭介に両手を拘束され、棚に押し付けられていた。

「何を……」

「……今日は、せっかくのデートの邪魔をしてすみません。職権乱用させてもらいました」

「職権乱用って……」

邪魔したデートとは、尚登と約束した夕食の約束のことだろうか。それがあったから、残業を押し付けた？

(それって……まるで私が佐藤くんと食事の約束をしたのを課長が焼きもち妬《や》いて、残業押し付けて足止めした、みたいに聞こえるんだけど)

まさか、単なる遊び相手でも恭介はそんなことをするんだろうか？

亜耶は眉を寄せた。

「……何を考えているんですか？」

恭介は亜耶を抱き寄せながら、耳元に唇で触れる。震えそうになるのは、そうされることがたまらなく心地よいからだ。

「もう余計なことは考えないでください。貴女《あなた》は私のモノだと……貴女《あなた》もそうだと、あの日認めてくださいましたよね」

ゾワリと甘い戦慄《せんりつ》が背筋を駆け抜けていく。

「また忘れてしまいましたか？　亜耶さんはいつもそうやって忘れる。それとも忘れたふりをしているんですか？」

恭介が耳殻《じかく》に唇を合わせ、嘲笑《ちょうしょう》するような吐息《といき》を零《こぼ》し、耳朶《じだ》を食《は》む。

亜耶はそれだけで溶《と》けるような息をついてしまう。震えるそれは既《すで》に喘《あえ》ぎのようで、そのはしたなさに身を竦《すく》めた。

「すぐ逃げ出そうとするから、逃げられないように、ここで貴女《あなた》が誰のモノなのか教えこむことにしました」

そう囁《ささや》きつつ、彼が片方の手で亜耶のシャツのボタンを一つずつ外していく。両手が彼に一纏《ひとまと》めに押さえこまれた。

「か、課長……なに、するんですか？」

「……エッチで可愛くて、浮気者の私の部下に、お仕置きをしないと、と思って」

咄嗟《とっさ》にあげた声は、からかうような恭介の声に消される。そのまま手を押さえこまれ続け、シャツのボタンを外され、ブラの肩ひもをさりげなくずらされて……

「やぁっ……」

大きな手が持ち上げるように胸を露出する。

「やめて、ください……こんなことしたら……」

「セクハラで訴えますか？　それとも暴行罪で？」

思いつめたような鋭い声。

「課長……」

「……嫌がる亜耶さんを抱いて訴えられるなら、処分を受けても構いません。でも……私は嘘のつけない貴女《あなた》の体に訊《たず》ねたいんです。どれが本当の亜耶さんなのか……」

柔らかな膨《ふく》らみを彼は掬《すく》い上げ、下から頂《いただき》へと揉《も》みたてる。ほんの少し硬い親指の腹が蕾《つぼみ》を転がした。

「んっ……ぁん」

「亜耶さんの体は、貴女《あなた》の態度より、いつだって素直で本当に可愛い。もう赤くなってこんなに硬くして……。だから社内で私にこんなことをされるんです」

不埒《ふらち》なことを言いながら、唇で耳への愛撫《あいぶ》を繰り返す。微《かす》かに荒れる呼吸が彼の興奮を伝えているようで、彼に求められていると感じ、亜耶の理性はぐずぐずになった。

（だから、ダメだって……言わないと……）

好きだからもう弄《もてあそ》ばないで。そう言わないといけないのに、既《すで》に頭の芯《しん》がジンと痺《しび》れて考えがまとまらない。

「だめ、オカシク、なる。そんなこと……好きだから……ダメ」

必死に言葉を紡《つむ》ぐと、彼は耳元で小さく笑う。

「好き？　亜耶さんはこうされるのが大好きですよね。じゃあもっと気持ちよくしてあげないと……」

(違うの。私だけが課長を好きすぎて、課長にそういうつもりがなくても、そういう関係を期待してしまうからダメなの、こんな風にエッチなことをされたくないの)

そう言いたいのに上手《うま》く言葉にできない。

それどころか、手の拘束を解かれた代わりに腰を抱かれている始末だ。

「どちらにせよ、亜耶さんが資料室でこんな格好をしていると思ったら……もう止めようが……」

臀部《でんぶ》に熱くて硬いモノを押し付けられる。彼が自分に欲情しているのを、つい嬉しく感じてしまう。だけど……

「こんな……の、ダメですっ」

「ダメ？　好きだと言ったじゃないですか。あの時も今も……」

こんな異常な状況でも、愛《いと》おしげな表情で見つめられると、大切に愛された記憶が体を目覚めさせる。

(もう……最後なら、一度ぐらい……)

既《すで》に理性は火にくべられたロウより頼りない存在で、とろとろに溶《と》けている。

亜耶はミニフレアのスカートをたくし上げられて、ストッキングとショーツを纏《まと》めて膝《ひざ》までずり下ろされた。

「な、何をするんですかっ」

秘められた場所がすうっと外気に曝《さら》されて、はっと理性を取り戻す。こんなところで、と亜耶は慌てて逃げようとする。

「無理ですよ。もう逃がしません。あんな奴にも渡しません。貴女《あなた》を取られたくない」

けれど次の瞬間、閉じた足の付け根のあたりに熱っぽいものが押し当てられた。そのままぎゅっと合わせた太腿《ふともも》の内側を貫《つらぬ》く。

「ああ、亜耶さん、やっぱりドロドロだ。こんなに感じやすいと本当に心配になる」

閉じた股の間をゆるゆると動くのは、張り詰《つ》めた彼の剛直。

「もしかしたら他の男が相手でもこういう風に感じてしまうんじゃないか、とかね……」

「ちがっ……やぁ……やめてっ」

「ああ、たまらない。もう蜜《みつ》まみれですよ。まるで亜耶さんの中にいるみたいですね。こんなに濡らすなんて、貴女《あなた》は本当にエロくて可愛い」

「あっ……ダメっ……いやぁ、はずか……し……」

ぐちゅん、ぐちゅんと粘度の高い音は、亜耶が恭介に触れられて漏《も》らした蜜《みつ》の音だ。それに気がつき、かぁっと熱がこみ上げる。濡れた柔肉の間を、恭介の硬く張り詰《つ》めたモノがゆっくりと行き来した。

そのたびに、亜耶は蕩《とろ》けるような感覚に呑みこまれていく。

淫《みだ》らな行為に感じすぎ崩れ落ちそうな腰を支えるため、棚の縁《ふち》を手で掴《つか》む。

「ああ、いい子ですね。そうやってしっかりそこを掴《つか》んでいてください」

そう囁《ささや》くと、恭介は不安定な亜耶の腰を自分の方に引き寄せ直した。亜耶の背中を撫《な》で、シャツの上からホックを外し、零《こぼ》れ落ちた白い胸を長い指で覆《おお》う。そして、硬く尖《とが》った蕾《つぼみ》の感触を捏《こ》ね上げて楽しんだ。

「亜耶さんはこっちも大好きですよね」

もう一方の手が、亜耶の薄い茂みを探《さぐ》る。

「あっ……ダメ、そこはダメっ」

「ああ、こんなに膨《ふく》らんで。触ってほしくて皮から顔を出してしまっていますよ。一緒に弄《いじ》ってあげます。でも今は少しだけ声を抑えてください。外に聞こえたら困りますよね？」

そこまで言われて、声を上げていたことに気づき、慌てて亜耶は唇を噛みしめて声を堪《こら》えた。

（ってそうじゃなくて、私はっ……）

こんなの間違っている。一瞬戻った理性でそのことだけは理解できているのに、体が彼を求めていた。

逃げ出そうとした亜耶を押さえこみ、彼がゆるゆると動きはじめる。濡れそぼつ彼が、閉じた亜耶の足の間と秘裂の上を何度も往復した。

「あっ……ダメ、あぁぁっ……ひぅっ……っちゃ、も、ダメぇ」

感じやすい芽の上で激しく踊る指先に、亜耶はあっという間に頂点に連れていかれる。一気に達すると、カクンと腰から崩れ落ちた。

床に跪《ひざまず》きそうになったところを抱きかかえられ、中途半端に下ろされていた下着とストッキングをさりげなく奪われる。裸足《はだし》で再びその場に立たされた。

「いっそ中に出して、亜耶さんに私の子を孕《はら》ませてしまいましょうか？　そうすれば否応もなく貴女《あなた》は私のモノになる」

この人は浮気相手に何を言っているのだろう。彼らしからぬ過激なセリフに亜耶は絶句する。

恭介の考えていることが全く理解できない。力なく顔を左右に振る。

「……ダメですか？」

「も、もちろん、ダメです……」

咄嗟《とっさ》に応えると、彼はふぅっと深いため息をついた。

「仕方ないですね。でしたら避妊はします」

「……そうしてください。……ってじゃなくてっ」

「はい、今すぐ用意します。よかった、少なくとも亜耶さんは嫌がってない、ってことですね」

本当にこんなところで襲われているのに、亜耶さんは迂闊《うかつ》だ。そう機嫌よさそうに笑い、顎《あご》を捉《とら》えて、口づけした。

普段どおりの優しい笑顔だけで、つい、心がふわんとしてしまう。

（ズルい……）

こんな甘やかすようなキス一つで、彼のことが好きすぎる亜耶は嬉しくて、嫌だと言えなくなってしまう。

「……課長が何を考えているのか、分かりません」

「私も亜耶さんが何を考えているのかまったく分かりません。だからせめて繋がったら何か分かるかと……」

そう言って、彼は腰を掴《つか》み後ろから亜耶を抱いた。先ほどと違い、柔襞《やわひだ》を分け入り、亜耶の内へ剛直を押しこむ。

「ひぁっ……きゅ、急にっ」

「亜耶さん、きつすぎる。力抜いて」

「んっ……むりっ……は、ぁぁっあ、んっ……」

文句を言いかけた唇は、抗議の代わりに甘い喘《あえ》ぎを漏《も》らす。

「ふぁっ……キツッ……ですが、とろとろだ。亜耶さん、体の方が正直ですね。いつもこうやって私のを欲しがるから……」

この人は何を言っているのだ。襲われたから受け入れちゃっただけなのに。

「あぁっ……かちょ、だ……ダメ動いちゃ、やぁっ」

「はぁっ……この状況で役職名で呼ばれると、けっ……こう、キますね」

これはこれでアリだな、などと不埒《ふらち》な独り言を吐く男に抱かれ、亜耶は崩れ落ちそうな腰を支えるのに必死だ。

「あっ……やぁっ……だめ、そこばっかり……責めちゃっ……」

腰を抱いて安定させると、恭介は亜耶の弱いところを執拗《しつよう》に突く。

「ああ、最初に浴室で……貴女《あなた》を抱いた時のことを思い出す……。あの時はお互い酔っていて、理性が飛んだ亜耶さんは最高にエッチで可愛かった」

乱れた呼吸と深くて甘い声。脳がその声を快楽と捉《とら》えてしまう。囁《ささや》かれるたびに、じわじわと愉悦が高まっていった。

「亜耶さんが……ここが好きなのは、あの時に知りました」

いいところを攻められて朦朧《もうろう》とする亜耶は、言葉を返すことができない。ただ自分がろくに覚えていない時のことも彼はしっかりと覚えているのだという事実に、悦《よろこ》びが増すばかりだ。

「この角度だと……っ、よく当たりますよね」

緩やかな抽送《ちゅうそう》に焦《じ》らされ、徐々に高まっていく。何より……

(課長に……今、私、抱かれてるんだ)

そのことが一番嬉しい。

自らの腰を抱く大きな手も、乱れる呼吸も、突かれるたびにふわりと漂《ただよ》う彼の香りも、低くて甘い声も、全部が好きすぎて……

(なかったことにしたいのに、もっと、忘れ……られなくなっちゃう……)

亜耶は愉悦と切なさにほろりと涙を零《こぼ》す。だが亜耶を背後から抱いて夢中になっている彼は、そのことに気づいていない。

(やっぱり……課長、私のことなんか好きじゃ、ないんだ)

大人で余裕のある恭介なら、きっと亜耶の気持ちを分かっているはず。

それでも、体は蕩《とろ》けるように柔らかくなり、彼の楔《くさび》を深く受け入れてヒクヒクと震え悦《よろこ》び続けている。

「やっ……も、ダメ、イっ……ちゃう」

「亜耶っ……私も……」

緩やかな攻めがますます激しさを増す。無機質な資料室を、二人の体がぶつかる音と濡れた摩擦音、乱れる喘《あえ》ぎが支配する。

「かちょ……だか、ら、好き、なのっ……だから……も、あぁっ、ふっ、あ。あぁぁあぁっ……あ…あ、あ、あぁぁぁぁあっ」

不安定な姿勢で彼に追い立てられて、亜耶は大事なことを一つも言えないまま、愉悦の奈落に突き落とされた。


「——か、ちょ？　何してるんですか」

しばらくして完全に腰の砕けた亜耶が床に座りこみそうになると、恭介は彼女を抱き上げ、資料室の机の上にあおむけに乗せた。

「ん？　……ああ、もうやっぱり消えかけてる」

下ろした亜耶の体を開いて、淫《みだ》らな愛液で汚れている肌に唇を寄せる。そしてぺろりと赤い舌を走らせ、内腿《うちもも》を舐《な》めた。

「……美味《おい》しい」

「なっ……何してるんですか」

丹念《たんねん》に肌を味わうように舐《な》められて、亜耶はヒクリと体を跳ね上げる。

「綺麗にした方がいいと思ったんですが……また濡れてきてる。キリがないですね」

指摘されてひくんと花びらが震え、泣きそうになった。そんな彼女を見つめた後、彼はそこに顔を埋《うず》める。

「やっ……やめて、恥ずかしい……です」

チリ、と肌が軽い疼痛《とうつう》を帯《お》びた。

「んっ……」

「亜耶さんが私のモノだという証《あかし》です」

彼は眼鏡の奥の目を細めて、つけ直した口づけの痕《あと》を人差し指の腹で撫《な》でる。

「……もう逃げるだけ無駄ですよ。私に貴女《あなた》を逃がす気はないのですから。……さて、そろそろ戻らないとまずいですね。鍵はここにありますから、亜耶さんはゆっくり戻ってきてください。……例の彼と食べ損ねた夕食を、私でよければお付き合いしますよ」

(さりげなく、すっごい嫌味なセリフを言われた気がする……)

さっと服装を直した彼は既《すで》にいつもの温和な総務課長だ。そのくせ眼鏡の奥の視線だけは恋人を見るように甘い。

「——っ」

それに対して亜耶はシャツの胸元は開いているし胸もむき出しで、スカートはめくり上げられ下着すら身につけてない格好だった。

「こんな姿を堪能《たんのう》できて……ここが家じゃないことが本当に惜《お》しい。家だったら、もう一回するのに……」

口角を上げて嗜虐的《しぎゃくてき》に笑う彼と普段の優しい彼とのギャップに、つい胸がときめく。

「あ、あの。早く戻ってください」

自分も身なりを直したい。けれど彼のいるところでは恥ずかしすぎる。

スカートを下ろしシャツを手で必死に合わせている亜耶の額《ひたい》に、恭介は一つキスを落とし、唇にもリップ音を残した。

「では食事の時にでも、ゆっくりと話をしましょう」

それだけ言うと、部屋を出ていく。

（もう……なんなのっ）

気づけばこんなところでこんなことになって。それに逆らうことができない自分に腹が立つ。大事なことを話しもしないで、職場でこんなことをする恭介も最低だ。

（それでも、なんで嫌いになれないんだろう……）

何度も「私のモノだ」と言われて胸をときめかせるなんて、自分はなんて欲望に弱い、チョロい女なんだと思う。

（とにかくこのままでいるわけには……）

亜耶は慌てて服だけ直すと、資料室の隣のトイレに飛びこんで鏡の前で身だしなみを整えた。

一歩資料室を出れば、そこには普段の亜耶の職場としての日常がある。

亜耶はすぅっと背筋を伸ばす。

「ホント、ありえない……」

こんな乱れた格好、汚れた体で食事に行くのは、どう考えても耐えられそうにない。矛先《ほこさき》の分からない怒りと自己嫌悪もある。

二人きりになれば、きっと冷静には過ごせない。

食事は断って帰ろうとオフィスに戻ると、既《すで》に残業しているのは恭介だけだった。タイミングよく、何か急ぎの電話をしているようだ。

亜耶は彼と目を合わせないようにして、メモを書いてそっと彼の前に置いた。

『今日はもう疲れました。このまま帰宅します』

それだけすると、電話をしている恭介に背を向けて、小走りにオフィスから出ていく。

職場であんなことをされて居たたまれない。汚れて皺《しわ》になったスーツには誰も気づかないかもしれないけれど、淫《みだ》らな一時を自ら周りに触れまわっている気がする。亜耶は身を小さくして家路を急いだのだった。

第八章　拗《こじ》らせ続けた片想い

恭介は苛立《いらだ》ち紛れに電話を荒っぽく切った。とはいえ先方が切ったのを確認した後であるあたり、自分の弱さというか矮小《わいしょう》さを感じて、ため息が零《こぼ》れる。

「……また逃げられた……」

少し冷静になれば、思い余って彼女に無理を強《し》いただけだと分かった。せめてフォローがしたかったのに。

去っていった亜耶の背中を思い出して、恭介は再びため息をついた。

(あんなことをしてしまった後では……無理に引き留めても拗《こじ》れるだけか……)

最初は真面目に穏やかに話すつもりだったのだ。できれば場所を変えて、時間をとってもらって。最初から手順を踏んで、この間しそびれた告白をして、尽くせるだけの言葉を尽くす。多分誤解しているであろう恵理佳との関係も説明し、好きなのは亜耶だけだと口説《くど》くつもりだったのだ。

——アイツの挑発的な視線を受けるまでは。

恭介は、自分はあまり感情的ではない、と思っている。だがそんな自分を心底、苛立《いらだ》たせている人間がいた。

それは佐藤という男、いや彼の『全て見通している』とでも言いたげな態度だ。そのくせあの男は、甘えるのが当然という距離感で亜耶に接する。あまり男性との距離が近くない彼女が、何故《なぜ》か彼に対してだけはその警戒心を発揮していないのがさらに腹立たしい。

(でも、醜《みにく》い嫉妬心《しっとしん》であんな不条理な行為を押しつける自分より、彼の方が亜耶さんに相応《ふさわ》しいのかもしれない)

心の中でそんな冷静な声がして、またしても恭介はため息をついた。

ずいぶんと自分は、彼女への想いを拗《こじ》らせている。

(それもそうか……もう三年以上経つからな……)

きっと彼女は覚えていないだろう。恭介が亜耶と出会ったのは彼女の入社面接の時だった。その日、面接官の末席にいた自分の前で、亜耶は目をキラキラさせて、どうしてこの会社を志望したのか語り出したのだ。

『あの、私はこの会社の働きやすい環境づくりが本当に素晴らしいと思っていて。そのお手伝いができればと考えています』

その言葉に一瞬目を見開いた恭介は、入社当時の自分のことを思い出していた。

大学卒業後、学生時代の知り合いでもあった社長の里田に誘われて、起業したばかりのこの会社に入り総務課に五年、その後人材育成のため人事課に三年いたのだ。

入社してからの五年間は、人材が会社の要《かなめ》だという里田の心意気に賛同して、会社が優秀な人材を長く確保できるよう、社員にとって働きやすい環境を整えることに全力で尽くしたつもりだった。

サークル活動を通じて、そうした面で里田に目を掛けられていたこともある。入社してこうした業務についてみると、自身に向いているし、やりがいも感じていた。

マスコミなどでもてはやされる若くて派手な社長とITという業種の裏側で、地味に目立たず進めていた社内環境の整備。自分自身、楽しんでやっていたが、改めて自分の地道な努力を社の魅力として高く評価してもらえると想像以上に嬉しい。数年にわたる努力が報《むく》われたみたいで、恭介は亜耶に強い好意を持った。

彼女の面接の評価は上々で、総務向きだと面接官の意見は一致する。自分のいる人事課に引っ張るつもりが、総務課に持っていかれ、彼女が入社後は隣のフロアから仕事ぶりや普段の様子を窺《うかが》うことになった。

そして翌年、総務課復帰と共に総務課長の辞令が出て、ようやく亜耶と仕事をするようになったのだ。一緒に仕事をするうちに、地道な作業を周りと上手にコミュニケーションを図りつつ笑顔でこなせる女性だと分かり、さらに好意が高まっていく。

一方、本人は無自覚のようだが、控えめなスーツの下に抜群のスタイルを隠していることも、目ざとい男性社員にはバレていた。

総務の男性だけの飲み会では、『藤野はDかEか、それ以上の巨乳か』という下世話な話題で盛り上がっている。

そんな話を横で聞いている恭介は、他の男が彼女に性的な関心を持つのが気に食《く》わなくて、一人勝手に恋情と独占欲を煽《あお》られている始末だ。

（実際Eくらいはありそうだった……まあ大きさより、吸いついてくる触り心地と感度のよさがたまらないんだが）

などと手のひらを見て考えてしまうあたり、上司の枠をとっくに超えている。既《すで》に相当ヤバイ。

つまり、当初はお気に入り程度だった感情が、一緒のフロアで過ごすうちにもっと深くて熱いものに変化していったのだ。

優しい笑顔で『お疲れ様です』と言われれば、ふわりと気持ちが浮き立つ。『頑張ってよかったなあ、なんて素直に思うほどだ。その上、軽くでも熱っぽい視線を向けられると、もしかして彼女の方も自分を特別に思っているのかも、と期待した。

亜耶は面倒な仕事を頼んでも、いつでもにこにこと笑顔で応えてくれる。細かいことが気になる自分にとって、彼女の仕事に対する真摯《しんし》さと誠実さ、それと相反する絶妙な抜け具合が、ほっと安心させてくれるのだ。

亜耶はあまり自覚していないようだが、彼女の容姿や人柄を好ましいと思う男性社員は総務以外にも多く、強引に声を掛ける男が後を絶たない。だが彼女はそういうタイプが苦手らしいと気づき、強気な方法を取ることができなくなった。

だからゆっくりと時間を掛けて彼女との距離を縮めたい、と思っていたのだ。

学生の頃にあったトラブルのせいでほぼ十年近く恋愛をしていなかった自分には、突如湧いた感情をどう処理していいのか分からない。年ばかり取って、素直に表現できない拗《こじ》らせた好意を持っていたところに、あんな風に迫《せま》られた。挙句の果てに欲望に流されて、不用意に関係を結んでしまって……

『課長……すき。大好き……もっと……いっぱい欲しいの……』

自分に組み敷かれて、執拗《しつよう》な愛撫《あいぶ》に溶《と》けたまま甘い声で愛を囁《ささや》き、淫《みだ》らなおねだりをする彼女を思い出す。それだけでくらくらして、息が止まりそうになる。

酔った勢いで意中の部下とベッドを共にしたら、腕の中で彼女からずっと恭介のことが好きだったと告白された。それがどれだけ嬉しかったか……

なのにその翌々日には、あっさりとあの夜のことを、なかったことにされてしまったのだ。

ああなった時は僥倖《ぎょうこう》だと思ったのに。

だが結局、酔った挙句の欲望のなれの果てだ。彼女の気持ちはあの時の言葉どおりではなく、なかったことにしたかったのが本音かもしれない。

そう思って気持ちを切り替えようとした数日後、また帰宅を引き留められた。

普段と様子の違う彼女に、好意すら告げずに流れにのってキスをしてしまった自分に呆《あき》れる。だがそれをきっかけに食事に誘えた時は、もう一度普通に付き合いはじめるチャンスをもらえたのだ、と考え直した。

誘いを受けてくれたことが、素直に嬉しかったし、楽しい時間を過ごせた。プライベートで見せる亜耶の笑顔は可愛くて、この間のことを忘れられたとしても、今回こそ真っ当に口説《くど》いて、きちんと交際を申しこもう。そう思っていたのに……

あの男が近づいてきて、目の前で亜耶とべたべたするわ、自分もいるオフィスでデートに誘い、亜耶もそれを受け入れるわ。そのくせ、『なんでもしますから、帰らないでほしい』とねだってきて。

（行動に一貫性がない。まったく……理解できない……）

気まぐれな彼女の行動に、違和感しかない。

けれど、そんな時に限って亜耶は壮絶に色っぽい。片想いゆえに不安な自分は……つい彼女に手を出してしまう。

亜耶は可愛すぎるのだ。触れたくなり、実際、躊躇《ためら》いながらも触れると、嬉しそうな顔をする。だから、もう抑制がきかなくなってしまう。

あの男に煽《あお》られた結果とはいえ、この間の週末は亜耶をデートに誘うこともでき、その後……亜耶の言動に振り回されつつもなんとかお互いの想いを確認できたと思ったのに……

＊＊＊

「——あぁ……課長、ぁん。スキ……」

「また課長って言いましたね。普段の亜耶は覚えがいいのに。お仕置きされたくてわざと言ってるんですか？」

「あ。ちがう、の。ダメ、きょ、すけさん。あ、あ、……あぁは。あ。……あぁ。好き、きょうすけ、さん。スキ、大好き」

あの日の夜は、もう二人とも理性など残ってなかった。

蜜《みつ》にまみれた下肢を恭介の足に絡め、亜耶は恭介の名前を呼び、甘い声で好きだと告げて濡れた瞳から快楽の涙を零《こぼ》す。誘われるように唇を合わせると、ねっとりと舌を絡め口内の奥まで恭介の舌を受け入れて、互いに溶《と》けあった唾液を嚥下《えんげ》した。

受け止めきれなかったものが、亜耶の半開きの唇からとろりと溢《あふ》れる。

「シアワセ。上も、下も、恭介さんで、イッパイなの」

潤《うる》み切った目元を赤らめて涙を零《こぼ》しながら、淫《みだ》らなことを言っては幸せそうに溶《と》けた笑みを浮かべる。可愛くて、愛《いと》おしくて、どうしていいのか分からないほどの感情がこみ上げてきて、恭介はきつく亜耶を抱きしめた。

「貴女《あなた》って人は……」

(こんなに煽《あお》って……だから、こんな風に執拗《しつよう》に抱かれるんだ。でも明日には半分ぐらい覚えてないのだろうな)

小さな苦笑を浮かべる。明日は落ち着いた状態で、改めて結婚を前提に、交際を申しこもう。微《ほほ》笑《え》んで受け入れてくれたら嬉しい。

だが今は……もっと亜耶に自分を刻みたい。明日忘れた、などと言わせないように。

「亜耶、もっと足を開いて。私のつけた痕《あと》を見せて……」

みっともなく欲望に掠《かす》れた声だったのに、亜耶は恥ずかしがりながらもM字形に足を大きく開いた。蜜《みつ》で濡れている際どい場所につけた執着《しゅうちゃく》の痕《あと》を恭介は指先でなぞる。

何度でも、何回でも亜耶に『俺のモノだ』という、所有の痕《あと》を残したい。

いっそ、体中に痕《あと》を残してやろうかと、欲望が再び高まる。

腰を送る速度を上げると、亜耶は薄く開いていた瞳を閉じ、かわりに唇を半開きにして、言葉にならない喘《あえ》ぎをあげた。自ら腰を振ってさらに愉悦を深めようとする貪欲《どんよく》な姿に、欲望と共に、愛《いと》おしさが募《つの》る。

性行為など、一度精を吐き出せばそれで十分だったはずだ。それが亜耶に対してはそれだけでおさまらない。もっともっと、何度も抱いて、失神するまで追いつめてやりたい。

それなのに、可愛がって優しく甘やかしたい気持ちもある。

どちらにせよ、朝まで抱き続けたいほどの執着《しゅうちゃく》はこれまで覚えがない。

追い詰《つ》められた亜耶の嬌態《きょうたい》を、自分だけが見られるのだと思えば、仄暗《ほのぐら》い独占欲が満たされそうだ。

「亜耶、愛している」

自分のものだと主張するように、彼女の名を呼び捨てにして囁《ささや》くと、触れたわけでもないのに、中が強く締まる。まるでその言葉が愛撫《あいぶ》になっているかのように。

次の瞬間、亜耶が手を伸ばし、ぎゅっと恭介に抱き着いた。

「私も、私もずっと……課長のことが、好き。大好き……」

睦《むつ》み合いの間に、何度も囁《ささや》かれる愛の言葉は、互いの幸福感を高める。けれど、亜耶の告白は後からなかったことにされる不安があった。

だから欲に溺《おぼ》れていない時にじっくりと彼女の想いを確かめたい。

亜耶が意識を落とす寸前に、ゴム越しに何度目かの自らを注ぎこむと、亜耶は嬉しそうに眦《まなじり》を下げた。彼の体が愉悦に跳ねるのを感じたのか、最後にもう一度深く達する。

「……私、幸せ……」

被膜越しでも、彼女の中で想いを遂《と》げられることが恭介に興奮と幸福感を与えた。そっとキスを落とせば、朦朧《もうろう》としている癖に、亜耶は嬉しそうに笑む。

(どれだけ、夢中にさせるんだ)

亜耶の無意識の行動全てが怖い。七つも年下の女の子に身も心もズブズブに溺《おぼ》れている。

今は彼女を堪能《たんのう》できた悦《よろこ》びしか頭になかった。

体の処理をしようとゆっくりと彼女から自らを引き抜くと、ふと手のあたりに熱を感じる。

「きょ、すけさん。行っちゃ、ダメ。今夜はずっと私の、隣に、いてください」

震える小さな手。甘えるみたいな彼女の声に、深い愛着が湧く。

(明日の朝食用に、何か買ってこようかと思ってたんだが……今は亜耶と離れたくない)

必死に掴《つか》んでくれる手が嬉しくて、彼はそっと亜耶の額《ひたい》にキスを落とし、その体を抱きしめる。

「今夜は亜耶とずっと一緒にいますよ」

「大好き、恭介さん、大好きですから、ずぅっと、一緒にいてください……」

互いの欲を満たしきったあとでも、自分を望んでいると伝えてくれたことが嬉しい。最初のあの嵐みたいな一夜が幻《まぼろし》でなかったことが確認できて、ついみっともなくにやける。

軽く互いの体を清めると、心の底から幸せな気持ちが湧いて、恭介は小さな体を抱きしめて横たわった。

亜耶の体は柔らかくて温かい。このところ寝不足だったことも手伝い、気づけば幸福感の中、睡魔に捕らわれていく。

——ふいに外でパトカーのサイレンが聞こえたような気がした。だが、腕の中の温かさに比べたらどうでもいいことで。

「亜耶、愛してる。もう誰にも渡さない。貴女《あなた》は私のモノですから……分かりましたか？」

落ちる寸前、耳元で囁《ささや》くと、彼女はすりと恭介に体を寄せた。

「はい、私は最初から、恭介さんのモノですよ。だから……このまま朝まで一緒に寝てください。もう、大丈夫。緑のフラグ、消えたから……」

「……フラグって？」

そう言えば最初の日、そんなことを言っていた気がする。それについても、一度聞いてみようと思いながら、そっと亜耶の髪を撫《な》でると、寝ぼけたように彼女はにっこりと笑みを浮かべた。

＊＊＊

あの夜は本当に幸せだった。翌朝、恭介の腕の中で目覚めた亜耶は、前日の淫《みだ》らな様子と違って、あどけなくて、たまらなく可愛くて。

だが朝食の後、彼女に結婚を前提に付き合いたいと伝える直前、部屋に飛びこんできた者がいる。恵理佳だ。

（あの女は……厄病神《やくびょうがみ》か。本当に性質《たち》が悪い）

恵理佳との付き合いは、学生時代からで既《すで》に十年以上になる。

彼女は自分の思いどおりにならなければ、周りの人間を蟻《あり》のように平気で潰《つぶ》す女だ。いや、あんなのでもいいと言う男がいるのだから、どこかにはいいところもあるのかもしれないが、恭介は一切魅力を感じない。

だが向こうは、恭介のことを便利な道具と思っているらしい。

彼が他の女性と仲良くすることも気に食《く》わないようなので、もし恭介が執着《しゅうちゃく》していると知れば、亜耶にちょっかいを出すだろうと予想できた。

そのせいで咄嗟《とっさ》に追いかけられなかったことを、亜耶は誤解しているだろう。

あの一件の後、完全に亜耶に避けられた恭介は、相当凹《へこ》んだ。正直もう諦《あきら》めるべきなのかと思っている。

ところが、オフィスに現れたあの男に煽《あお》られて、気づけば今日のあの状況だ。これは完全に自分が悪い。亜耶の怒りは当然だろう。

（ただ、亜耶さんは抱かれている時が一番素直な感情が見えるから……）

だから不安になればなるほど、その姿を見て確認したくなるのだ。

『なんだかあの子、貴方が好きっていうオーラ、感じないのよね。あれじゃゃない、恭介ってさ、年も上だし、手ごろに遊べる相手なんじゃないの？　食事は当然奢《おご》るだろうし、基本紳士だし優しいしね』

亜耶が帰った後に言われた、恵理佳の憎らしい言葉を思い出す。

そうでなくても、告白の言葉は、エッチをしている時にしか聞かせてもらったことがない。恋愛に自信のない恭介はその言葉を信じていいのか分からなかった。

ゆっくりと納得できるまで話をしたかったのだが、その大事な時間を恵理佳に邪魔されたのだ。

『恭介ってば、いい年して若い子に本気になっちゃった？　でもって私の許可もなく手を出した挙句、恭介だけ一方的にのめりこんじゃったとか？』

くすくすと笑い、弱味を握ったとばかりに機嫌のよさそうな声を出す恵理佳。

（何が『私の許可なく』だ。お前は何様のつもりだ）

偉そうな言い方に、苛立《いらだ》ちが湧く。今まででであれば、恵理佳の話を流す方が相手を巻きこまずに済み、面倒が少ないと思っていたのに。

さすがに亜耶に直接何かを仕掛けたりはしてないと思うが……

（いや、あの女のことだ、言い切れない）

一番苦手なタイプである恵理佳だが、仕事上の都合があってそう邪険にはできない。それが分かった上で、高飛車な態度に出てくるので非常に不快だ。

だが、自分だけのことならともかく、亜耶のことまで潰《つぶ》されるのはたまったものではない。

「……ああ、また今回も連絡先を聞き出すのを忘れた……」

個人的な連絡先を知らないせいで、あの日、亜耶にフォローの電話すら入れられなかったのだ。

(もう……聞くタイミングを完全に失ったな……)

そのくせ、亜耶はあの男とはメールアドレスを交換している。昨日の亜耶とあの男との会話の内容を思い出した恭介は、悋気《りんき》に顔を歪《ゆが》めていた。

(亜耶さんを他の男に譲る気なんて、さらさらないのに……)

結局、自分は亜耶の気持ちが分からなくて、踏みこみ切れない。

彼女は甘い香りを漂《ただよ》わせて、誘ってほしそうに近寄ってくる。抱かれれば毎回、貴方が好きだ、と喘《あえ》いで縋《すが》りつく。それに浮かれて一歩近づこうとすると、すげない態度で、他の男と出かける予定を見せつけられて……

脳内でループする思考に、髪をかき回して何度目かの深いため息をつく。

このままでは仕事にも支障をきたす。来週に予定されているシンガポール出張までにはなんとか解決したい。恭介はスケジュールを確認して、小さく頷《うなず》く。

「逃げられるなら……仕事にかこつけても無理やり丸一日、確保してやる」

職権乱用?　そんなこと知るか。今更だろう。

自分の一生が掛かっているのだ。強引にでも一緒にいる時間を作って、拗《こじ》れた状況を解くために、ゆっくりと話をしたい。

(まあ全部、俺が……悪いのか……)

状況をややこしくしている恵理佳も腹だたしいが、彼女が言っていたことで一つ間違っていないことがある。

『自分のちっぽけなプライドで、ちゃんと告白もできないような男、あの子も嫌なんじゃないの？　連れこむだけ連れこまれて。ヤることだけヤられて』

ぐうの音も出なかった。そしてその後に『まあ、あの子もその方が都合いいのかもね』などと言われ、さらに不安に苛《さいな》まれている。

……実は亜耶は自分に対する好意などまるでなくて、単に誰でもいい、男に抱かれたい、だけなんてことは……さすがにないよな？　などと普段の生真面目《きまじめ》そうな彼女を思い出しては、ため息をつく。というかこんなバカなことも含め、気づくと四六時中、彼女のことばかり考えている時点で末期症状だ。

（いい加減結論を出さないと……）

これで亜耶に振られた日には、一生独身でいいか。これほど固執できる女性にはもう出会わない気がする。だからこそ、自分の不甲斐《ふがい》なさでダメにしたくない。

とにかく、職権を最大限、利用させてもらっても、彼女を丸一日拘束してやる。

恭介は眼鏡を外すと、背もたれにより掛かり、天を仰《あお》ぐ。思い浮かぶのは、硬い表情をした亜耶の姿だ。

あのキスマークが消えるまでには、ちゃんと彼女と向き合って話をして、欲望だけで彼女を求めているわけではないこと、大事にしたいと思っていること、何より、ずっと彼女を思っていたことを伝えなければ、思い切ることもできない。

それに気まぐれだけでは理解できない、彼女の変容の理由も聞きたかった。何度か彼女が口にしている『フラグ』という言葉についても……

彼女に惑《まど》わされるだけでなく、自分から動こうと、亜耶に連敗続きの恭介は、誓ったのだった。

第九章　出張命令と最大級の『フラグ』

電話中だった恭介をオフィスに置き去りにしたまま帰宅した亜耶だったが、その後の彼はメモを渡してくることもなくなった。元の優しくて親切な上司となり、他の社員と一切変わらない対応に戻っている。

そんなタイミングで、早苗が亜耶をランチに呼び出した。食事が終わるまでは無難に世間話をしていたのだが――

「ねえ亜耶、最近、課長とはどうしてるの？」

食後のコーヒーを前に、早苗は心配そうな顔で、その後の二人の関係を訊《たず》ねてきた。

「うーん、特に何も……」

あれ以来、仕事以外の会話はしていない。もしかしたら、あんな風に置き去りにして帰ったことを怒っているのかもしれない。

「あのね、噂《うわさ》で聞いたんだけど。例の須藤恵理佳。なんかこっちに帰ってくるらしいよ。しかも法務課の人の話だと、戻ってくるタイミングで、結婚するとか言ってるんだって……」

「結婚するって……」

相手は荻原課長？　と咄嗟《とっさ》に訊《たず》ねそうになるものの、口に出すのが怖くて、ぎゅっとコーヒーカップの持ち手を握る。

「相手が誰なのかは、その人も知らないみたい。だから荻原課長かどうかも分からない」

「……そっか」

ふぅっとため息を零《こぼ》して、亜耶はカップを持ち上げた。

「いや、須藤恵理佳が誰と結婚するのでもいいんだけど、亜耶にはもっといい人がいると思う。こんな風に亜耶を悩ませる課長ってどうなんだろうって、正直、思っているんだよね……」

早苗が心の底から心配してくれていることは、よく分かっている。だから亜耶は無理して笑みを浮かべた。

「ありがとう、そうだよね。私も吹っ切る方向で頑張っているけど……もうちょっと、かな」

そう言う亜耶の脳裏には、恭介と恵理佳が二人でいる姿が浮かんでいた。それを本能的に嫌だと思ってしまう。ため息と共に吐き出した亜耶の言葉に、早苗は柔らかく笑顔を返した。

「そりゃそうだよね。ずっと好きだったんだもん。すぐにどうこうとかそんな気分じゃないか。まあ、話くらいいつでも聞くから、しんどくなる前に声掛けてね」

よしよしと頭を撫《な》でられる。

優しい友人の言葉に、亜耶は心配させまいと涙を堪《こら》え、必死に笑みを浮かべたのだった。

＊＊＊

その日の午後。涙が一気に引くようなことを、亜耶はオフィスで恭介に告げられた。

「……え？　課長と出張、ですか？」

銀縁《ぎんぶち》眼鏡の奥を柔らかく細めて、恭介は笑顔で頷《うなず》く。

「はい、先日、藤野さんから研修施設に関するアンケート結果のレポートを出していただきましたが、非常によくまとまっていて参考になりました。なので是非、藤野さんにも視察に付き合っていただきたいと思いまして。今回の視察で大きな問題がなければ、稟議書《りんぎしょ》を上げて、正式に施設購入になると思います。……問題はありませんか？」

問題はアリアリ、です。そう言いたいところだが、平日の日帰り出張。業務命令を拒む理由など何一つない。もちろんそれが、恭介と二人きりの出張になるとしてもだ。

「了解しました。それではその予定で日程を組んでおきます。って……あれ？　課長、翌日からシンガポール出張ですか？」

ホワイトボードの日程を確認して、亜耶がそう訊《たず》ねると、彼は小さく首を縦に振る。

「そうですね。シンガポールに向かうまでに、色々と決めておきたいので……」

そう言うと彼は亜耶を見て、おかしそうに笑ったのだった。

＊＊＊

（――私、何を期待してたんだろう）

亜耶は今、恭介が不動産会社の社長と挨拶《あいさつ》しているのを少し離れて見ていた。もう後は会社に戻るだけだ。

この後すぐ直帰すれば、通常の退社時間よりは遅くなるものの、普段とそれほど変わらない時間に家に帰れる。

本日、朝九時に駅で待ち合わせた二人は、新幹線に乗った。

車内での恭介は静かに本を読み、亜耶は携帯を見て過ごしたのだ。ずっと亜耶を捕まえようとしていたはずの人がゆったりと構えて、亜耶のことはどうでもいいようにしている。そのせいで彼女は不安な気持ちになっていた。

(未だに気にしているのは私だけなのかもしれない)

そうだ。自分から彼を避けたのに、逆に彼から距離を置かれると不安になるのは、自分勝手すぎる。

それはともかく、昼前に目的地に着くと、最寄りの駅からは不動産会社の人が車を出してくれた。昼食を共に食べた後、目的の保養所に案内してくれる。亜耶は恭介の後について、保養所を見てまわった。

「ああ、暖炉《だんろ》があるんですね。これは冬には火が入るんですか?」

恭介の言葉に不動産会社の男性は笑顔で返す。

「もちろん。冬にはスキー、スノボもできますし、夏は避暑地として有名ですから、どちらでも楽しんでいただけると思います」

綺麗に清掃された保養所を隅から隅まで見る。確かに研修施設として利用できるなら、交通の便もいいし、亜耶自身も利用してみたいと思う心地よい空間だ。

亜耶の会社が、研修施設として購入しようとしているのは、観光地にある他の会社の元・保養所だ。新幹線が通るようになって利便性も増し、何より社長の里田の故郷に近いということで、トップダウンに近い形で購入の話が進んでいる。

(多分ここで決まるな……)

亜耶自身が調査に参加していた社内アンケートの結果とも合致するため、確定する気がしていた。一つ大きな仕事が完結しそうでほっとしていたのに、後は新幹線に乗って帰るだけとなった瞬間、妙な寂しさを感じる。

(そっか、この出張が終われば、課長はシンガポールの恵理佳さんのところに行って、彼女と一緒にこちらに戻ってきたら……結婚、するのかな……)

ふとそんなことを思った瞬間、切なくて泣きそうになる。

わざわざそんな日程で恭介が組んだこの出張に何か意味がある気がして期待していたのは、身のほど知らずだったかもしれない。

その時、ふと見上げた視線の先が、おかしいことに気づく。

(……何、あれ?)

ふわりと恭介の身にまとわりつくのは緑のオーラ。……だけじゃない?

チラチラと緑に交じるのは真っ赤な血の色みたいな影だ。いつもと違って、映像にフィルターが掛かっているのではなく、彼自身が緑がかって見える。映像がすぐに見えないところが不安を煽《あお》る。

（あれ……ちょっと待って。こんなの見たことない……）

亜耶が見たことがあるのは、緑のオーラと、赤いオーラに彩《いろど》られた運命の映像。そもそも赤と緑がまじりあうようなフラグは見たことがなかった。そのまがまがしい赤いオーラの帯《おび》に胸がドクドクと嫌な鼓動を高める。

（これって、緑だよね。赤じゃないよね。私、このフラグ、止められる？　それに何が起こるのか……よく見えない。これ、空港？　課長、明日飛行機に乗るから？）

激烈な頭痛と共にようやく脳裏に浮かぶ景色を、ズキンズキンと脈を打つ痛みと共に必死に追う。朝、彼が空港に着く。彼が持っているスーツケースが、アジア系の男性によってすり替えられる。そのスーツケースの中には……

「――っ」

クラリとする強烈な眩暈《めまい》を感じて、亜耶はしゃがみこみそうになった。だが、画像を確認したい。しゃがみこんでいる場合じゃない。

必死に足に力を入れて、虚空《こくう》に浮かぶ像を追う。

すり替えられ機内へ持ちこまれたスーツケースには爆弾が詰《つ》まっていて、上空で爆発した。五百人以上の人たちを巻きこんで……

（課長を……あの飛行機に乗せちゃダメ。それに、あの爆弾が……）

咄嗟《とっさ》に口を手で覆《おお》う。すごい吐き気がする。

（ダメ、たとえ課長が恵理佳さんと結婚するとしても……）

オフィスでの優しい笑顔。穏やかな話し方。二人きりの時の熱っぽい視線。抱きしめてくれる強い腕、それだけじゃなくて……

（やっぱり、好きなんだ。好きだから……いなくなってほしくない。私に振り向いてくれなくても、遊び相手にされただけだとしても……）

でもどうしよう。今のギクシャクした空気の中で、彼を止めることはできるだろうか。

心臓を圧迫するほどドクドクと鼓動が激しく打っている。五百人以上の人たちと、恭介の命が、一気に自分にのしかかってきた。

――その時。

「……亜耶さん、大丈夫？」

パニックになりかかっていた亜耶の肩を、とん、と叩《たた》く人がいた。そちらを見上げ、そこにいた意外な人物に亜耶は目を見開く。

「さ、佐藤くん？　なんで貴方がここに？」

「……さあ。そんなことより、凄《すご》く困ってるんですよね。亜耶さんはどうしたいんですか？」

目の前にいたのは、ここにいるはずのない、宅配会社の男の子だ。

突然現れた尚登は、亜耶の顔を覗きこんで彼女の言葉を待っている。

「課長を……飛行機に乗せたくないの。後、なんとかして、あの犯人を捕まえないと……」

突拍子もない話に尚登は何も言わずに頷《うなず》いて、亜耶の手を引っ張った。そうして、恭介に向かって挑発的な視線を送る。それに気づいた恭介がこちらに駆けてきた。

亜耶は慌ててこれからどうするつもりなのか、尚登《なおと》に訊《たず》ねる。

「さ、佐藤くん？　何しているの？」

「大丈夫。俺を信じてくださいって」

死亡フラグを見た時特有の、ぼうっとした頭のまま、亜耶は尚登に引っ張られていく。彼は一台の路線バスに向かった。そして有無を言わせず、運転手しか乗っていないバスの一番後ろの座席に彼女を座らせる。

「亜耶さん、このバス、絶対に終点まで降りないで。あの人に正直に話せば絶対何とかしてくれるから。とにかく時間稼いで。了解？」

亜耶の耳元で尚登がそう囁《ささや》いた瞬間、恭介がバスに駆けこんできた。

「亜耶さん！」

「俺さ、この人、このまま連れていっちゃってもいいっすか？」

煽《あお》るような尚登の言い方に、恭介が怒りの表情を浮かべる。

「ダメです。……その人は私の一番大事な人なんです。貴方にも、誰にも絶対に譲れません」

ぱっと亜耶の手を掴《つか》んだ恭介を見て、尚登は薄く笑った。

「分かってたらいいよ。……ホント手間のかかる人だなあ」

「……は？」

尚登のあきれ果てたような声に、恭介が眉を吊り上げる。

「どういうことですか？」

「だからぁ。貴方たち二人の行動は、俺の未来にめっちゃ影響しているんだからさ」

尚登が思わずといった様子で口走ると、恭介の眉がますます跳ね上がった。

「あ、言い間違えた。いやさ、ちゃんと素直に二人が話し合えば、話は早いっていうこと。ほんと、面倒臭い人たちだよな」

ぼそっとした呟《つぶや》きは尚登の口の中で消える。何を言ったのか、亜耶は聞き返そうとした。

「――奥猪狭温泉《おくししきょう》行き、発車します」

その時、バスの運転手が声をあげる。

ブルルルと重たいエンジンが掛かる音がした。

「あ。乗るバス、間違えました。俺、降ります。じゃあ亜耶さん、また今度！」

尚登は手を上げてバスを降りていく。恭介がそれを追って立ち上がろうとしたのを、亜耶は引き止めた。

「恭介さんに、大事な……話があります」

真剣な彼女の声音に、恭介は毒気を抜かれたらしく、腰を下ろす。

同時に、プシュ、と扉が閉まる音がして、バスが動きはじめた。

「亜耶さん、手が震えてますよ。大丈夫ですか？」

バスが動き出し、最初の言葉に迷う亜耶に、恭介は心配そうに訊《たず》ねる。

亜耶はこれから話さなければならないことへの緊張で指先の震えが止まらなくなっていた。その手をそっとさすりながら、恭介が亜耶の顔を覗きこむ。

「亜耶さん……本当に大丈夫ですか。顔色が真っ青です。体調が……悪いのなら、バスを降りた方が……？」

いたわりの言葉に、亜耶はふるふると顔を左右に振る。

恭介のオーラは未だ赤色まじりの緑だ。だけど少しだけ……さっきより赤の割合が減っている気がする。だったらきっと。尚登が乗せてくれたこのバスで移動することで、死亡フラグ回避の確率が上がるのだ。

「大事な話が、あるんです」

ぎゅっと恭介の手を握る指は、まだカタカタと震えている。それをなだめるようにそっと握り返してくれた恭介が、柔らかく目を細めた。

「分かりました。でもその話が急ぎのものでなければ……先に私の話を聞いてもらってもいいですか？」

亜耶はぐっと唇を噛みしめた。恭介から恵理佳と結婚する、なんて話を聞かされたらオカシクなりそうだ。

それでも――

（今は時間を稼がないといけない）

彼をあの飛行機に乗せないために、時間を稼がないといけないのだ。多分、フラグが成立するのは明日の朝のこと。今は前日の午後三時を回ったばかりだ。

まずは彼が今日中に東京に戻れなくなるようにしよう。亜耶はそう決意した。

路線バスは町を抜け、緩やかに山を登りはじめている。

(佐藤くんはこのバスの終点まで降りないで、って言ってた。よく分からないけど……彼を信じて終点まで行ってみよう)

亜耶は、謎だらけの尚登の行動が信用に値すると、何故《なぜ》か確信していた。すぅっと息を吸い、ゆっくりと吐く。気持ちが決まれば、手の震えは徐々に収まった。

「――伺います。課長の話って……どんなことですか?」


車窓からは濃い緑と、青い空が見えた。

こんなにものどかな光景だ、もしこれが恭介と二人きりの旅行だったらどんなにいいだろうと亜耶は思う。

「亜耶さんに、伝えたいことがあるのです。ずっと、言わないといけないと思っていたんですが、どうもそういうことを口にするのが苦手で、後回しにしてしまったせいで、貴女《あなた》をたくさん傷つけたかもしれない……」

彼は深いため息を零《こぼ》す。一瞬車両の一番前まで見て、誰もいないことをこっそりと確認した。あまり人に聞かれたくない話なのかもしれない。亜耶の緊張が一段と増す。

「亜耶さん」

「……はい」

その先を聞くのが怖い。

実は亜耶の好意をいいことにずっと彼女を弄《もてあそ》んでいた、なんて言われたら。

「あの、ですね。亜耶さん」

(だから、なんなんですかっ)

緊張で胃が喉から飛び出しそうだ。

亜耶は、はぁとか、ひぃとかよく分からない息を零《こぼ》す。よく見ると、それは恭介も同じで、思わず顔を見合わせ、笑ってしまった。

「課長、すごい緊張した顔してますよ」

「亜耶さんも……見たことのない表情をしてますが……」

「だって滅茶苦茶緊張して。本格的に振られるのは嫌だなとか思ったら」

「振られる？　亜耶さんが私を振るんですか？」

「……はい？　逆ですよね。だって結婚するんじゃないんですか？」

「……誰が？」

「課長が」

「……私が？　亜耶さんとですか？」

「ひぇっ？」

思わず変な声が出た。

なんでそこで亜耶と恭介が結婚する、なんて話になるのか分からない。

「……なんで、私が？」

「……私が亜耶さんのことが好きだからに決まっているじゃないですかっ」

突然、恭介は立ち上がる。その瞬間バスがカーブにさしかかった。ぐらりと体を揺らした彼を亜耶は自分の方に引っ張った。

「危ないっ」

「うわっ」

亜耶の上に覆《おお》いかぶさりそうになった恭介が、体重を掛けまいと座席の肩の部分に手をつく。

「お客さん、走行中は座っていてください。危ないですよ」

バスの運転手から冷静な声がかかった。それで日常に戻った気分になり、亜耶はくすりと笑う。

その瞬間、先ほどの言葉が耳の中でリフレインした。

（『亜耶さんのことが好きだから』って……どういうこと？）

言葉の意味を理解しようとする。

けれど、それより先に恭介が口をひらいた。

「私は貴女《あなた》がいい。亜耶さん、私と結婚してくださいませんか？」

肩を抱くようにして、耳元に囁《ささや》かれる。

「――っ」

（ちょ、ちょっと待ってください。今、私何を言われたんでしょうか？）

そう聞きたくて、口がパクパクと動く。

「け……」

（っこん？　結婚っていうと、あれですか？）

「結婚って、あの、教会で式挙げたり、披露宴やったりする、あれですか？」

「個人的には神式の方がいいですが。亜耶さんは白無垢《しろむく》が似合うと思うので。いや……それは結婚式ですね。その後の生活を共にする、というのが結婚する、ということだと一般的には思うのですが」

「そ、そか。そうですよね。……夫婦として一生一緒に暮らすって約束することですもんね。それ以外の意味はないですよね」

（やっぱりその結婚なんだ。け、けけけけ、結婚？　なんだか何段階も、いろんなものがすっ飛んでいる気がする）

「……亜耶さん？」

パニックになっている亜耶の頬に控えめに指先で触れ、恭介は自分の方に彼女を引き寄せる。

「あ、あの……」

近づく唇を指先で押さえて、亜耶はつい質問してしまう。

「あの、やっぱり理解できないです。私、なんで今こうされているんですか？」

そこで彼は一瞬動きを止めた。それからゆっくりと睫毛《まつげ》を揺らして目を瞬《またた》かせる。

「……あ、ああ……私はいつも言葉が足りないんです。話が飛びすぎてて理解できないですよね」

彼は苦笑し、そっと亜耶の髪を撫《な》でた。

ふわふわと撫《な》でる大きな手が温かくて気持ちいい。その手が本当に一生自分のモノだったらいいのにと、亜耶は願う。

「亜耶さん」

ふと真面目な声が聞こえて、亜耶は心地よい感覚から立ち戻った。

「私は……ずっと、貴女《あなた》が好きだったんです。貴女《あなた》は知らないでしょうけど、ずいぶん前からずっと」

照れて上ずったような、それでいて深くて甘い声。それはゆっくり亜耶の胸の中に溶《と》けこんでいく。

(課長が……誰が好きだって？　貴女《あなた》って……私のこと？)

そこまで理解した瞬間、心臓が期待でトクトクと跳ね上がった。

「あ、あの。念のため聞きますが、貴女《あなた》って……私の、こと、ですよね？」

思わず訊《たず》ね返すと、彼が小さく笑う。

「……他に誰がいるんですか？」

その瞳はいつもの優しいものよりもずっと甘さを増している。見つめられるだけで、亜耶はとろとろに溶《と》けそうだ。

「亜耶さん、私と結婚するのは嫌ですか？」

(嫌とかそういうことではなくて。普通はお付き合いとかして、デートとかもいっぱいして、両親に挨拶《あいさつ》したりして、それから……)

「いえっ。全然嫌、じゃないです」

色々、考えていたはずなのに、口を開いた瞬間、そう答えていた。刹那《せつな》、ふっと胸にすべてが落ちてくる。

そうか、私この人と結婚するんだ。

「……すっごく嬉しいです。課長と結婚したら、課長はずっと私のモノですか？」

思わず唇から笑みが零《こぼ》れる。迷いのない亜耶のセリフに、彼はジワリと顔を赤く染め、困ったように笑った。

「……そういうことですね。ただし、亜耶さんも私のモノですが」

（そ、そんなの言うまでもなく、私は最初っから、全部課長のモノですよっ）

そう叫びたい気持ちを抑えて、亜耶は笑みを返す。

自然と抱き寄せられて、唇が触れそうになった瞬間、バスが止まった。

「はいはい、お邪魔しますよ～」

そう言ってバスに乗りこんできたのは、腰の曲がったおばあさんだ。にここと笑いながら前方の座席に座り、運転手に頷《うなず》く。

バスが再び発車した。

「バス、降りそびれましたね。まあ……私が一番、亜耶さんに話したいのはこのことだったんですが。何か確認したいことはありますか？」

キスする寸前で止められて気が抜けた亜耶は、こくこくと頷《うなず》く。

「あの、だったら恵理佳さんって何者ですか？」

するっと言葉が出た。

（そこ、一番気になってたところですから！）

すると恭介が、顔を顰《しか》める。

「……ああ。その件ですか」

「そうです。恵理佳さんって結婚するんですよね。私、課長とするんだと思ってました」

亜耶が勢いよく言うと、彼はのけぞるほど体を引いた。

「なんで私があの人と！」

上がった大きな声に、先ほどのおばあさんが振り向く。

慌てて申し訳なさそうに頭を下げる恭介を見て、亜耶はこんな時でも人を気遣う彼がやっぱり好きだと感じた。

「……違うんですか？　私、あの日の後の月曜日に、彼女に食事に連れていかれて、課長はエッチ目的で私を誘っている……って言われました。それに、課長は恵理佳さんのモノみたいなことも言われたんです。だから私は、恋人である恵理佳さんが海外赴任中の、課長の遊び相手なんだなって思って……」

彼はガクリとうつむく。

「すみません。それで亜耶さんのあの態度だったんですね……まあ、私は言葉にするのが下手なので、誤解されても仕方なかったかもしれません。……でも弁解させてください」

そこから聞かされた話は、亜耶にとって驚くばかりだった。

「恵理佳が結婚するのはうちの社長の里田とですよ。あの二人、学生の頃から、くっついたり離れたり延々とやっていて。そのたびに私は巻きこまれて、えらい迷惑をこうむってきたんです」

里田がアメリカの大学を卒業後、日本の大学に編入し、起業のための人脈作りとして作ったサークルで恭介と恵理佳は出会ったらしい。

「使い勝手がいいと妙に恵理佳に気に入られたせいで、私は彼女の妹を半ば強制的に紹介されて、まあ、その子自体はいい子だったので付き合いはじめたんです。ただ、私はその頃から女性に好意を伝えるのが苦手で、中途半端にぐずぐずやっているうちに振られまして。恵理佳は紹介した姉の顔を潰《つぶ》したと、妹に食って掛かったらしく。それをきっかけに妹から完全に距離を置かれているようでして……」

自分の恋愛にあの調子でずっと口を出されていたのなら、距離を置いたその妹の気持ちはよく分かる。亜耶が先を促《うなが》すと、恭介はため息をついた。

「『アンタのせいで妹がいなくなったんだから、責任を取って』と言い出して。適当にあしらってはいたんですが、先日は里田に預けていたうちの鍵を勝手に使って、家にまで入ってきて……」

恭介は珍しく苛立《いらだ》ちをはっきりと顔に出す。

「彼女はなんでも自分の思いどおりにならないと納得できない人間なんです。自分以外の人間を私が優先すると、その相手に面倒なことを仕掛けるので、あの場は私も動けなくて。……ですが、亜耶さんにまで直接ちょっかいを出されたとなると、さすがにもう限界です」

心底嫌そうな恭介を見れば、彼の言っていることが嘘ではないらしいと理解できる。

「そっか……じゃあ。違ったんだ。良かった……」

ホッとした瞬間、涙がボロッと零《こぼ》れた。

好きだと言われ結婚したいと告白された時より、恵理佳の正体が分かった時の方が嬉しいなんて。自分は大概《たいがい》独占欲が強いのだ。

くすりと笑う亜耶を抱き寄せて、恭介は彼女の背中を撫《な》でる。優しく「辛《つら》い思いをさせてすみませんでした」と謝り続けた。

ごとごとと揺れる路線バスの車窓から差しこむ光は、徐々に横からのものになり、黄色味を帯《お》びていく。先ほどのおばあさんは三つ先の停留所で降り、二人きりのバスの中、恭介は亜耶を甘やかすように抱き寄せ続けてくれた。

しばらくして亜耶が泣きやみ、恥ずかしさで赤くなっているであろう鼻を啜《すす》り上げると、彼は小さく笑みを浮かべる。それから首を傾《かし》げた。

「ところで亜耶さんの話って何ですか？」

亜耶はさりげなくバスの前の表示板を確認する。まだまだ終点までは時間がかかりそうだ。

(どうしよう……)

何をどこから話せばいいのだろう。死亡フラグが見えます、なんて話をしたら、馬鹿にされたと感じた恭介にバスを降りられてしまうかもしれない。

まだ赤まじりの緑に彩《いろど》られたままの彼を、なんとかしてバスの終点まで連れていきたいのだ。

「あの……長い話になるんですが……でも、すごくすごく大事な話なので……聞いてもらいたいんです」

それでも、これから一生を共にする人ならば本当のことを伝えるべきだと判断して、亜耶はすべてを伝えると決めた。

恭介は頷《うなず》いて、座席の背もたれに背中を預ける。長い足をキッチリと揃《そろ》えている様子が、やっぱりこの人は真面目だなと思わせた。

「これから話すことは、全部本当なんです。だから……信じてください」

そして亜耶は語りはじめる。

彼女の『死亡フラグ』が見える能力と、このところ何度も恭介に現れた緑色の映像のことを。そのフラグを折るために必死で彼を足止めをして、それが彼を誘っていると思われてしまったことも。

「……では、亜耶さんは私にそのフラグが見えたから、足止めしてくれたんですか？」

その足止め方法を思い出すと頬がじわりと熱を持つ。

「ごめんなさい。どう説明すればいいのか分からなくて。でも……課長がいなくなってしまうのだけは絶対嫌だったからっ」

亜耶は顔を手で覆《おお》う。

「こんなの、嘘っぽいですよね。信じてもらえないですよね。だからずっと言えなかったんです。だけど……課長が好きだから、いなくなっちゃうなんて耐えられなくて……」

信じてもらえないかもしれない、いや、普通なら信じないだろう。そう思ってうつむくと、そっと肩に手が置かれた。

「信じますよ。亜耶さんの言葉ですから。亜耶さんが必要ない嘘をつく人ではないことくらい、分かります」

彼の言葉に勇気づけられて顔を上げる。すると、恭介はすごく優しくて愛《いと》おしげな表情をしていた。

「それに、私の部屋に泊まった時のコンビニ強盗の事件……あれも私が死ぬ予定だったんですよね……あの時も、急に貴女《あなた》が自分をお持ち帰りしてくれ、と言い出した。……あれは、私があのコンビニに行かないように見張るためだったんですね……」

深刻な表情のまま、亜耶はこくりと頷《うなず》く。眼鏡の奥の聡明な瞳が彼女をじっと見つめる。

「確かに帰りがけ、コンビニで買い物をするのが日課になってました。あの日も、亜耶さんが映像の中で見えたという銘柄のビールを買って帰ったと思います」

私の好きなビールの銘柄まではお伝えしてなかったですよね。飲みすぎないように、買い置きもしていないですしと言って、彼は小さく笑った。

「亜耶さんがあんな風に自分を犠牲にして私を誘ってくれたから、私は外出するより、貴女《あなた》が欲しくてたまらなくなった。そうやって、いつもいつも……自分の身を犠牲にしてでも、私を救おうとしてくれていた。……本当に、ありがとうございます」

そっと髪を撫《な》でられる。自分の苦労を理解してもらえた嬉しさで力が抜けて、亜耶はそっと彼の肩にもたれかかる。

「そんな亜耶さんの優しい思いにつけこんで、あんなことばかりしてしまった。悪いのは全部私です。ですが……」

視線を上げると、そこには恭介の艶《つや》めいた瞳があった。

「……あの最初の飲み会の夜、私に抱かれながら、私のことを好きだと何度も言ってくださったこと……覚えてますか？」

眼鏡の奥のからかうような瞳の色にカッと熱がこみ上げる。

「私に抱かれるたびに、快楽に溺《おぼ》れながら私を好きだと言うくせに、その後は覚えてないふりで冷たい態度を取る。挙句の果てに、佐藤くんでしたっけ、彼に振り回されて」

彼は亜耶さんにちょっかいを出すたびに、こちらに視線をよこして煽《あお》るんですよ。いいですか、俺がこの人、取っちゃいますよ、って。そう言って恭介が苦笑する。

正直、尚登の正体は未だ謎だけれど、彼のおかげで恭介と上手《うま》くいきそうだということは、亜耶にも分かった。

「だから、亜耶さんのベッドでの言葉が真実なのか確認したくて、必死になってしまいました。執《しつ》拗《よう》に隙を狙っては、何度も不埒《ふらち》なことをして……。そんな最低な私ですが、自分の想いを亜耶さんに告白しようと思ってはいたんです。けれど、そういうことを言葉にするのが苦手で躊躇《ためら》っているところに、フラグを回避させようとする亜耶さんが壮絶に色っぽくて。年甲斐《としがい》もなく、毎回理性が飛んで大事なことを言えずじまいで……」

順番が逆になって本当にすみません、と恭介は申し訳なさそうに謝る。

（そか、私、エッチの時に……そんなに本音ダダモレだったの？）

そちらの方が恥ずかしい。

必死すぎてイヤラシク彼に迫《せま》っていた気がする。だって彼に触れられるのは、本当に嬉しかったから……

「自分が悪いんですが、その後の亜耶さんは冷たい態度だったので。それこそ亜耶さんこそエッチ目的なんじゃないかって……恵理佳にもそう言われました」

そこで亜耶は顔を上げた。かあっと頭に血が上ってくる。

「そっ、そんな、そんなこと！　あるわけないじゃないですかっ」

「ええ。分かっています。まあそんな感じで縁があっても、あの人のせいで毎回ややこしいことになり、女性と付き合うこと自体が面倒になって、この年まで独りで来てしまったのかもしれないですね」

ということは……恭介が今まで独身でいたのは、恵理佳のおかげでもあるのかと、亜耶は複雑な気持ちになった。

「でも亜耶さんのことだけは諦《あきら》めたくなかったので、みっともなく足掻《あが》きました」

その言葉に互いに顔を見合わせて、ふっと笑う。

「もっと分かりやすく足掻《あが》いていただけたら助かったんですけど」

ちらりと見上げると、彼は申し訳なさそうに頭を下げた。

そんな彼に笑みを返そうとしたものの、未だに彼の周りには緑のオーラがある。フラグが折れてはいないのだ。

亜耶は改めて恭介の顔を見て、告げた。

「実は今も、課長に緑のフラグが立ってます」

きちんと事情説明ができたせいだろうか。禍々《まがまが》しい赤い帯《おび》はほとんど消えていた。彼は不思議そうな顔をして自分の腕を眺める。

「私には、見えないんですね。やっぱり」

「……ええ、誰にも見えないと思います」

「で。次、私はどのように死ぬ予定なんですか？」

ふうっと息をついて、彼は明るい声でそう訊《たず》ねた。自分の死を予言されて気味悪いだろうに、亜耶を安心させるためか笑みを浮かべる。

「あの……明日シンガポールに行く飛行機の中で事故が起こるんです。課長のスーツケースが爆弾入りのモノと交換されて……」

亜耶が口ごもりながらも見えた映像を伝えると、すぅっと恭介の目が鋭くなる。

「……ええ。それでどうなるんですか？」

「上空で爆発して、課長が乗っている飛行機は墜落《ついらく》するんです。搭乗者五百人以上が亡くなります」

「……それは、間違いないんですね」

恭介の問いに、亜耶は顔をこわばらせて頷《うなず》く。今までの経験で分かっている。亜耶に見える死亡フラグは絶対だ。

「だから……課長がその飛行機に乗ったらダメなんです」

彼が飛行機に乗らなければ事件が起きないかどうかまでは、予測できない。けれど失いたくないその手を掴《つか》んでいるのだ。もう離したくない。

手を離したら彼がいなくなってしまいそうで、恐怖が亜耶を襲う。

「私がその飛行機に乗らない方が、航空機の事故が起こる確率が下がる、ということであれば行きません」

震える亜耶の額《ひたい》にそっとキスを落とし、恭介はなだめるように彼女の髪を撫《な》でた。

「……先に、電話を一本、させてください」

何かを決意したように彼は携帯電話を取り出す。

「って、ここ……電波が来てないようですね」

携帯の画面を見て状況を確認すると、ふぅっと吐息《といき》を零《こぼ》した。亜耶も慌てて携帯を確認したが、やはり携帯は反応しない。

「……山だから、ですかね」

亜耶の言葉に恭介は頷《うなず》き、そのまま座席を立って、運転手のもとに向かったのだった。

「すみません、この周辺で電話のできるところは……」

結局、二人がたどり着いたのは、尚登が向かってほしいと言っていたバスの終点だった。どうや

する。

「ここらでは携帯はあんまり繋がらないから、どこかの宿で電話を借りたらいいよ」

既《すで》に帰りのバスの便がないことも発覚し、亜耶たちは東京に戻ることを諦《あきら》めて、宿を探すことにする。

「泊まる所を探しているのかい？　だったら宿に連絡してやろうか？」

停留場で途方に暮れる二人に、バスの運転手が老舗《しにせ》の温泉宿を紹介してくれ、亜耶たちは無事今夜の宿泊先を見つけた。

その宿は、昔文豪の誰それが定宿にしていたという歴史あるところだった。小さいが品の良い内装と落ち着いた空気が、緊張していた亜耶をほっとさせる。

女将《おかみ》に案内されて部屋に入ると、恭介は電話を借りてもいいかと訊《たず》ねた。

鄙《ひな》びたたたずまいの宿の割にインターネットにも接続できて、時代を感じると彼が笑う。

改めて、携帯で電話を掛けた。

「……里田さん？　荻原です」

掛けた先は、既《すで》にシンガポールにいる里田社長のようだ。

亜耶に聞かせるためか、恭介は電話をスピーカーにする。

『なんだ、恭介。わざわざこっちまで電話って……』

「すみません、私、明日そちらには向かいません」

『……何かトラブルがあったのか？』

里田の驚いた声に、恭介は落ち着いて返事をした。

「いえ、これから起きるらしいので」

『は？　これからって……』

「……私のスーツケースが爆発して飛行機が墜落《ついらく》するそうです……」

亜耶は目を丸くする。社長にいきなりそんなことを言ったって……と、慌てふためいているのに、恭介は亜耶の方を見て小さく笑った。

『恭介、お前、突然、超能力にでも目覚めたか？』

「いえ。違いますが」

『じゃあ、また変な能力持っている知り合いが増えたか？』

電話の向こうからも楽しそうな含み笑いが聞こえる。

（変な能力持っている知り合い？）

亜耶が疑問に思っている間も、どんどん話は進む。

「どうやら、私のスーツケースがテロリストによって爆弾入りのモノに入れ替えられる展開らしく……。今時ベタだなとは思うんですが、どうも上手《うま》くいってしまうようなんですよ」

さらっと里田の話をスルーして、恭介は続けた。

『ずいぶん、具体的な話だな』

「ええ、そのあたり、映像で見えると言うので。後で私のスーツケースの型番を送りますから、出国管理局に顔の効く方へ爆弾テロの恐れあり、ということで警戒するように伝えていただけますか？」

『ちょっ……俺はその相手に、どう説明したらいいんだよ？』

苦笑いする里田の様子が伝わってくる。

「さあ？　でもどなたかに恩を売るにはいいチャンスじゃないんですか？」

ふわりと手が伸びて、不安そうな顔をしている亜耶の髪を恭介が撫《な》でた。

『まあな、お前がそういう嘘をつくタイプじゃないのはよく知ってる。変な知り合いも多いしな。じゃあ、恭介、明日はこっちに来れないんだな』

「そちらには、里田社長がいらっしゃれば、なんとでもなりますよね。私は私で、もっと大事な用事ができたので」

『ふーん、仕事より大事な用事ね』

「あと、婚約者の管理はしっかりお願いしますよ。恵理佳の気まぐれで引っ搔《か》き回されて、こっちは一生に一度のチャンスをふいにするところだったんですよ」

『ああ、あのお前のところの部下の子か。今日、帯同して出張だったたな。なるほどね、話の出どころは分かった。かなり確信があるんだな』

その言葉に亜耶は目をゆっくり見開く。私？　と小声で訊《たず》ねた。彼女の頬を撫《な》でると、恭介が頷《うなず》く。

「今トラブルがありまして、彼女と二人で山奥の温泉にたどり着きました。もうバスの便もないそうですし、明日シンガポールには発てません。このところ有給も溜めていましたし、いっそシンガポールの代わりに、温泉で彼女と二日ほどのんびりしようかと」

ひょうひょうと告げる彼の言葉に、向こうで爆笑する声がした。

『……分かった。トラブルで山奥の温泉にたどり着いたのをいいことに、しっぽりと楽しもうって魂胆だな。いいなぁ、俺も今度、うっかり温泉にたどり着くことにしよう』

自分の言った冗談が面白かったのか、里田はくつくつと笑う。

『そういうことならお前はシンガポールに来なくていい。後のことはこっちで始末する。後で酒でも奢《おご》れ』

「……察しのいい雇用主で私は幸せです」

『その爆弾テロの件もこっちでなんとかするから、後は任せてくれていい。一番高く買いそうなところに情報を売るけどいいな？』

「構いません。事件を防げるならどういう方法でも。あ、あと、そこに恵理佳、いますか？」

その言葉に亜耶の心臓がドキンと跳ねる。恭介は彼女に何を言うつもりなんだろうか。

『恵理佳、恭介がお前に用事があるらしいぞ』

ごそごそと電話を代わる気配がした。

恭介が口をひらく。

「このたびは婚約おめでとうございます」

『ありがとう。で、なんの用？』

電話の向こうから聞こえてきたのは、亜耶が聞きたくもないあの人の声だ。一方で、本当に里田と付き合っていたのだな、と少しだけほっとする。

「私は結婚を前提に、うちの課の藤野と付き合うことにしましたので、よろしくお願いします」

『……えー。つまんない』

この人、本当に仕事ができる人なんだろうか。こうやって会話を聞いていると単なる我儘《わがまま》女にしか思えない。

亜耶は電話している恭介ごと、電話の向こうの彼女を睨《にら》みそうになった。

「今までは放置すると面倒事が起こるので対応していましたが、今後貴女《あなた》の我儘《わがまま》のフォローをする気はなくなりました。これから私の最優先は藤野ですし、その次が業務ですので、こちらに戻ってきても、その旨《むね》了承願います」

『……なっ』

「あと、わざと藤野に事実誤認させるようなことを言った件は明確に覚えておきます。今後行動する時には、それなりに覚悟してください」

『……今までは、何かあっても適当に処理していたくせに』

電話先からでも分かる、明らかにムッとした声で返答がある。

「彼女は私にとって特別ですから。私にも許せるものと許せないものがある、ということです。これ以上、彼女にちょっかいを出すなら、私はこの会社を辞めます」

『……真面目しか取り柄がないくせに。ばっかじゃない』

恵理佳の言葉に亜耶はかっと怒りがこみ上げる。

（課長は確かに真面目だけど、真面目なのはいいことだし、他にもいっぱい、いいところがあるのにっ！）

やっぱりこの人大嫌いだ。そう思った瞬間。ふわっと優しい指が亜耶の頬を撫《な》でた。

見上げると柔らかい笑みを浮かべた彼と視線が合う。貴女《あなた》に分かってってもらえたらいいのですよ、と言いたげな表情にほっと小さく息をついた。

『……おい。恵理佳。って……ああ、怒って部屋を出ていった。これからディナーなのにどうしてくれるんだよ。ていうか、お前に辞められたら俺が困る』

「知りませんよ。貴方が我儘《わがまま》に育てすぎたんじゃないんですか？　私に辞められたくなければ、自分の婚約者ぐらい、ちゃんと管理してください」

（そうだそうだ、ってかあの女性には、もうちょっと大人として良識のある行動を取ってもらいたいっ）

亜耶は拳《こぶし》を握ったまま、うんうんと大きく頭を上下させる。

『いやあれはあれで、色々と可愛いところも……。いや、あれだろ。お気に入りの弟に反逆されたから拗《す》ねたんだ。まあ後で適当に慰《なぐさ》めておくさ』

「そうですね。あの人を結婚相手に選んだんですから、ご自身でフォローするべきですね」

『相変わらずお前は、身も蓋《ふた》もないな……だがまあ……そうだな。分かった。後でお前の搭乗予定の便とスーツケースの型番、その他、必要そうな情報を送っておいてくれ』

「すみません、よろしくお願いします」

『いやいい。なかなか面白そうなところに売りこむ算段ができたから。じゃあお前たちはしっぽりと、愛欲塗《まみ》れの温泉旅行、楽しんでくれ』

温泉はエロくてたまらんよな。特に浴衣《ゆかた》がたまらん。俺も恵理佳を連れて温泉にでも行くかな。

そう言いながら、里田は高笑いをして電話を切った。

第十章　『好き』とキスに溺《おぼ》れる夜

恭介は電話を切った後、手持ちのノートパソコンでいくつか情報を確認して、メールを送っていた。亜耶は荷物の整理をするふりをして、彼の様子を窺《うかが》う。

まだ完全には、緑のオーラが消えていない。けれど多分ある程度時間が経てば、彼の死亡フラグは消えるはず。

（なんか……急展開すぎて、混乱しているけど……）

好きってだけじゃなくて……なんか勢いで結婚してくれって言われた気もする。

（課長が私のこと好きだとか……。あ、愛欲塗《まみ》れとか……）

お、温泉だしな。私、社長公認で愛欲に塗《まみ》れちゃうのか。って違う。そっちじゃない。落ち着け自分。

「……お茶でも、飲みますか？」

一人乱れた思考をする亜耶に気づいていないのか、色々な処理を終えたらしい恭介がにっこりと笑いかけてくる。

先ほど仲居が用意してくれたお茶はもう冷めていた。赤くなっている亜耶を置いて、彼がお茶を淹《い》れ直す。ついでに用意してあった茶菓子を亜耶の前に置き、ちゃぶ台の斜め隣に座った。

「あ、あの。イタダキマス」

温かいお茶を飲んで、亜耶はようやく一息つく。

「それで、私のフラグは今、どうなってますか?」

言われてはっと改めて彼の顔を見返した。

つい先ほどまで覆《おお》っていた緑色のオーラは消えて、普段どおりの彼に戻っている。彼が航空チケットのキャンセルのメールを送るなど、フラグを回避するための必要な処理を全部し終えたからかもしれない。

「……フラグ、完全に消えました」

そう告げると、彼はほっとしたように眼鏡を外し、目を細めた。

「じゃあこれが正解、ということですね」

亜耶は何より彼のフラグが消えたのが嬉しくてコクンと頷《うなず》く。

「あの、課長。今日はもうこちらに泊まって、明日シンガポールには発たないってことですよね?」

眼鏡を外したまま伸びをする彼を見て、もう一度フラグが消えたことを確認した亜耶は、大丈夫だと分かっていても、ついそう訊《たず》ねる。

「ええ、いい宿ですし、今日明日とこちらに泊まろうかと。ああ、亜耶さんは明日の朝に会社に電話して、体調不良でお休みを取ってください。説明が面倒ですから病欠でいいですよ。この間のイベントで休日出勤していただいた代休もまだ取れてませんでしたね。二日ほど休んでも問題ないはずなので。ああ、もちろん最終的な有給の決裁印は私が押しますし」

ネクタイをずらし、襟元《えりもと》をくつろげながら、にっこりと笑う恭介の色香に当てられそうになって、亜耶は咄嗟《とっさ》に視線を逸《そ》らした。

「上司自らずる休みを推奨するって……そんなの、いいんですか……」

「亜耶さんを捕まえておくために、もう散々職権乱用してますから今更ですね。これで亜耶さんが手に入ったら、取り戻すためにしっかり仕事します。ダメですか？　ってもう……そんな風に顔を赤くしてそっぽ向かないでください。……可愛すぎます」

ちゃぶ台に肘《ひじ》を乗せて、恭介が亜耶の方に体を寄せる。頬に手を伸ばし、小さく額《ひたい》にキスを落とされて、亜耶の頬はますます熱を帯《お》びた。

やっぱり恭介には全然かなわない。

「あっ……あの、そういえば恵理佳さんが結婚するのは里田社長と、なんですね」

「ええ、里田さんの趣味もよく分からないですが。振り回されつつもずっと恵理佳のことが好きみたいですしね。刺激的なのがいいとかなんとか……」

亜耶は恥ずかしさをごまかすために、必死に会話を続ける。

「それから、飛行機の件は……」

「里田さんがなんとかする、と言ったらなんとかするでしょう。便が分かっていて持ちこむスーツケースが分かっていれば、どうにかできると思いますよ。そもそも、そんなものが機内に持ちこまれるなんてありえない事態だと思いますし。間違いなら間違いで、事故が起きないならいいのです。……なので亜耶さんはもう心配しなくても大丈夫」

穏やかに笑う彼を見ていて、亜耶はほっと安堵《あんど》のため息をつく。自分では対応できない出来事を恭介が真摯《しんし》に対応してくれて本当によかった。

「そういえば……なんで社長は、課長の言葉をすんなり信じてくれたんですか？」

さっきの電話で不思議なことを言っていた気がする。

それに亜耶の予想に反し、恭介自身も死亡フラグの話をあっさり信じた。どちらかというと、非現実的なことは信じないタイプに見えるのに。

「そうですね。私自身はむやみやたらとその手のことを信じる方ではないのですが、ただ昔から不思議な力を持っているらしい人と関わり合うことが多くて。もちろん亜耶さんほど力を持った人には会ったことはないですが」

妙に勘のいい人や、霊現象によく遭《あ》う知り合いが何人かいるらしい。

「それで里田さんはそういう話が大好きなんですよ。まあ里田さん自身が商売に関して抜群な勘を持っている人ですしね。ですから亜耶さんの話も、そういう人がいてもおかしくないな、と納得してしまったわけで……。それにコンビニ強盗の件もありましたから」

「信じてもらえてよかったです。疑われて変な子だと思われたら嫌だなって、ずっと悩んでいたので……」

思わず本音を零《こぼ》すと、彼はくすりと笑って、亜耶の頬を撫《な》でて引き寄せた。

（さっきから、キスしそうになって……ずっと邪魔されているから……今度こそ）

ドキドキしながら亜耶はそっと目を閉じる。

だがその瞬間、ふすまの向こうから声がした。

「お客様、そろそろお食事の準備をさせていただいてもよろしいでしょうか？」

「……そんな気がしました。別に私には、何の能力もありませんが」

彼は苦笑しながらも、亜耶をそっと腕の中から解放する。

「では、続きは後で。誰もいなくなったらたっぷりと……」

「――え？」

亜耶がドキッとして頬を染めるのと同時に、お膳をもった仲居たちが部屋に入ってきた。

＊＊＊

飛びこみだったのに、宿は二人のためにいい部屋を用意してくれ、地元の山の幸を中心とした美《お》味《い》しい食事を提供してくれた。

そして食事が終われば再び二人きりの時間だ。

「せっかく温泉に来たんですから、入ってきてください。浴衣《ゆかた》も用意されていますよ」

恭介が指し示したところにあった浴衣《ゆかた》を手に取って、彼女はドキドキしながら頷《うなず》く。

「そ、そうですよね。はい、でしたら……お先にいただきます」

亜耶は立ち上がると、風呂に向かった。

この宿は、個室についた風呂が自慢だと、食事の前に恭介と一緒に仲居に案内されたばかりだ。

食事をとった部屋の隣には、襖《ふすま》で仕切られた和室があり、既《すで》に布団が二つ、並んで敷かれていた。

(な、なんか……妙に色っぽい空間に見えるのは、私の頭の中がピンク一色だから？　だって……社長、愛欲塗《まみ》れって……言ってたし。きっと……そういうことになるよね？)

もしかして、甘い言葉をいっぱい囁《ささや》かれながら、シちゃったりとかしたら……

とってもエッチな妄想が広がりはじめる。

(あああああ。ダメだ。頭の中がもう……。とにかくイヤラシすぎるっ)

淫《みだ》らな妄想のネタになりそうな布団を正視しないようにして、彼女は小さなソファーと机のあるスペースを通り抜けた。

戸を開けると脱衣所に繋がっている。そこで服を脱いで浴室に入り、先にシャワーを使って体と髪を洗った。

風呂は総檜《そうひのき》で造られており、心地よい香りがする。

亜耶は手拭《てぬぐ》いで体を隠しながら浴槽に身を浸《ひた》した。かけ流しの湯は、たまると浴槽の向こう側へ流れる構造になっているらしい。

浴槽の向こうは全体がガラス張りになっており、外の景色がよく見えた。今は灯篭《とうろう》が薄ぼんやりと中庭を照らしている。

そして窓と浴槽の間には、休憩用だろうか、ウッドデッキみたいに横になれるスペースが用意され、外の景色をゆっくりと楽しめる造りになっていた。

浴室内は控えめな暖色の灯りが一つあるだけで仄暗《ほのぐら》い。明るければ、綺麗な山の景色と坪庭の景色が楽しめるのだろう。

（これから……どうなっちゃうんだろう）

恭介は今回の出張でようやく亜耶のことが好きだと言ってくれた。しかも恵理佳のことは亜耶の勘違いで、亜耶と結婚したいとまで言ってくれている。その上、死亡フラグが見えるという話をしても、気持ち悪がったりはせず、なんの疑いもなく信じてくれた。

（……信じられない……）

今まで心配だったことがすべて解消された。

あの尚登の強引な行動の後は、幸せなことばかり続いている。

「やっぱり……課長のこと、すっごく好きなんだな、私」

想いを止める必要がなくなって、じわっと心が温かい。今は暗くてよく見えない中庭を見つめ、亜耶がほう、と幸せなため息を零《こぼ》した。

その時だ――

「せっかくだから、ご一緒しても構いませんか？」

「へ？」

突然入り口から聞こえた声に、亜耶は振り向く。

「ひゃっ……」

そこにいたのは、当然、恭介だ。

「な、な、なんで課長が？」

「……せっかくの温泉なので亜耶さんと一緒に入りたいと思いまして」

腰回りだけを隠した彼は、極々普通にそう言う。シャワーを浴びはじめた恭介を見ていられなくて、亜耶は窓の外の景色を見つめるふりをした。

ほどなくして、浴槽に歩みよる気配に、思わず緊張する。

「亜耶さん、入ってもいいですか」

（ダ、ダメとか……今更だよね？）

背中を向けたまま亜耶は小さく頷《うなず》いた。浴槽に持ちこんだタオルを胸と腰に当てて、意味がないかもしれない防御をする。

（恥ずかしい……でも……）

矛盾しているけれど、それ以上に何か甘い関係を期待している。湯が揺れる感覚と水音で、彼が自分のすぐ後ろに入ってきたことを理解した。

「亜耶さん、纏《まと》め髪も色っぽいですね。うなじが綺麗です」

湯船で聞く恭介の声はエコーが掛かっているように聞こえ、いつもよりもずっとセクシーに感じる。

「――っ」

恥ずかしすぎて、首筋を手のひらで隠した。

「……隠さないでください。私は亜耶さんの全部が見たい」

そっと手を取られ、そのまま抱き寄せられる。彼の膝《ひざ》の上に座らされ、亜耶はどうにも逃げ出したい気分になった。

「あの……ぁあっ」

隠していたうなじに唇が這《は》う。

「……ダメですよ、もう、逃がしません」

「……課長……だっ、ぁ」

後ろを振り向くこともできずに、あげた抗議の声は、耳朶《じだ》を食《は》まれて止められた。

「……社内ならともかく、こんなプライベートな空間で、役職名で呼ぶのはダメですよ。なんて呼ぶように教えたか覚えてますか？」

顎《あご》を持ち上げられ、唇を寄せられる。プライベートでしか見ることのできない裸眼の彼が笑顔で促《うなが》した。

「……きょ、きょうすけ、さん……」

教えられたとおり彼の名前を呼ぶと羞恥心《しゅうちしん》がこみ上げてきて、亜耶の体はかぁっと一気に熱を上げる。

「……よくできました」

ご褒美《ほうび》はずっと憧れていた上司からの甘い口づけだ。柔らかく触れた唇がゆっくりと食《は》むように唇を捕らえ、緩んだ唇から熱っぽい舌が忍びこむ。

「んぁっ……」

キスに夢中になっていると、肩に置かれていた彼の手が亜耶の膨《ふく》らみを覆《おお》った。ゆるゆると撫《な》でるように動く。

じわじわと上がり続ける体温は亜耶の呼吸を乱す。

彼の唇から解放された彼女は、酸素を取りこもうと息を吸いこみ、代わりに甘い吐息《といき》をもらしていた。

「本当に亜耶さんは色っぽい……」

「あっ……」

彼の唇は再び亜耶のうなじを這《は》い、両手が背中側から胸を弄《もてあそ》んだ。そして彼は、背中にキスを降らせていく。

「……感じやすくて可愛い」

コリコリと、人差し指を立てられて胸の蕾《つぼみ》を転がされる。思わず鼻にかかったような嬌声《きょうせい》が亜耶の口から漏《も》れた。

「ここ、気持ち……いいですか？」

「えっ……あのっ」

そんなこと……答えられるわけがない。ただ、無意識に腰が揺れる。熱っぽい彼の屹立《きつりつ》したものに触れてしまい、ぴくんと体が震えた。

告白の時はあんなに慌てふためいていたのに、こういう場面になると妙に余裕がある彼は、亜耶を抱き寄せて、わざとそれを押し当てる。

「私は、こんなになってしまうくらい……気持ちいいですよ」

耳朶《じだ》に唇を這《は》わせ艶《つや》っぽく囁《ささや》かれると、敏感になりすぎている亜耶は喘《あえ》ぐしかない。

たっぷりと胸を弄《もてあそ》ばれ、背中にキスをたくさん落とされているうちに、頭が朦朧《もうろう》としてくる。

かくんと体が前に倒れそうになって、彼に抱きかかえられた。

「風呂場で亜耶さんの中に入りたいですが……ここだと亜耶さんがのぼせてしまいますね」

クタリとした亜耶を、彼は奥の休憩スペースに横たわらせた。

「えっ……やぁっ」

そのまま力の入らない足を抱えられ、体を開かれる。ガラス一枚越しに庭が見える状況に、外から見えないと分かっていても恥ずかしさがこみ上げてきた。

「ほら……もう消えかかっている」

彼はゆるりと指先で撫《な》でて、足の内側の付け根に舌を這《は》わせる。じゅ。じゅる。と肌に残る湯を吸われ舐《な》めとられた。

「……湯で濡れているのかと思ったんですが……違いましたね」

秘裂を指先が這《は》うたびに、ちゅくちゅくと音がする。

「やだっ……課長の意地悪」

「……エッチな亜耶さん、私のことはなんて呼ぶんでしたっけ？」

「きょ、すけさんっ、あぁ、や、だめぇえっ」

名前を呼んだ途端、舌が中に入ってくる。感じやすい外の部分を指先が擦《こす》りたてた。

「こうしていると外で亜耶さんを抱いているみたいですね。ほら、緑が綺麗ですよ。明日の朝、ちゃんと明るい日差しの下で抱いてみたいです」

恭介の言葉に、亜耶は明るい窓辺で抱かれることを想像して、慌てて手で覆《おお》った顔を左右に振った。

くつくつと楽しそうな笑い声を零《こぼ》しながら、彼は亜耶の中を指で探り、中心で顔を伏せ、花芯を唇で食《は》み、舌で味わう。

「ひゃ……ぁあんっ……んぁ、あ、そこばっかり、やぁっ……」

浴室は淫《みだ》らな声がより響く。

「ああ、亜耶さんは本当にたまらない」

蕩《とろ》けるように甘い吐息《といき》を零《こぼ》されて、濡れた花芽がジンと疼《うず》いた。

「まずは一回イってください。亜耶さんに不安な想いをさせた分、今夜はいっぱい幸せな気持ちになってほしいですから」

何度かの関係で亜耶の感じやすい部分を把握している彼は、一気に攻めてきた。

熱を持ちジクジクと愉悦が決壊する瞬間を望んでいた蕾《つぼみ》が、彼の誘導でますます硬くなり、キツク吸われただけであっさりと高みに押し上げられる。

「きょ、すけさ……も、ダメ、イっちゃ……やあぁっ……んっ」

必死に彼の手に縋《すが》り、亜耶は陸に上げられた魚みたいに身を震わせて快楽を甘受した。

「亜耶さんは本当にいい子だ。ちゃんと、いつものところにキスマークをつけましょうね。これから毎晩は……無理でも、消えるまでには必ずつけますから。亜耶さんが私のモノだということを忘れないように……」

クタリとした亜耶の体をもう一度開くと、彼はいつもの場所に強く口づけをし、キスマークを残す。亜耶はその彼の執着《しゅうちゃく》の証《あかし》に心地よく酔う。

「亜耶さん？　大丈夫ですか？」

ふいに額《ひたい》へキスを落とされて、そっと抱きあげられた。

亜耶は身を起こして、肌を手で覆《おお》う。

「それでは……私は先に出てますね。寝室で……待ってます」

彼はそんな亜耶にもう一度キスをして、静かに浴室を出ていった。

(ちょっと……のぼせたかもしれない……)

あてられたのは温泉ではなくて、恭介の色香にだ。

亜耶は最後にシャワーを浴びて部屋に戻ろうとする。そこで緊急事態に気づいた。

「あれ……下着は？」

脱衣所に着てきた服がなく、そこにあるのは浴衣《ゆかた》だけだ。

(ま、まさか……)

慌てて下着をつけずに浴衣《ゆかた》だけを身につける。脱衣所を出ると、ゆったりと椅子に腰かけて水を飲んでいる彼がいた。

「あ、あの課長？」

「……今なんて言いました？」

「あの、か、じゃなくて。恭介さん。私の服は……？」

「ああ、風呂に入る前に私の分と纏《まと》めてクリーニングに出しました」

にっこりと浮かべる穏やかな笑みは、オフィスで見慣れた彼らしい表情だ。

「クリーニング……え？　下着もですか？」

「ここでは浴衣《ゆかた》で十分ですし、帰る時に着替えがないと困りますよね？」

（た、確かにそうですけど。課長、気が回りすぎですっ）

なんとなくだけど、あのお泊まりした夜と同じ空気を感じるのは何故《なぜ》？　目的はまさか……

「亜耶さん、髪、濡れてますね。乾かしましょう」

既《すで》にテーブルの上にはドライヤーが置かれ、コンセントまで挿《さ》してある。彼の髪は乾いていて、後は亜耶が座るだけだ。

何から何まで準備万端すぎる。

「はい、座って」

その言葉に抗《あらが》うことができず、亜耶は髪を乾かしてもらうことになる。

（ふぁ……キモチイイ）

ドライヤーは熱すぎず、大きな手が柔らかく髪を梳《くしけず》った。

気遣いのできる上司は、どうやら女の子の髪の乾かし方まで完璧にマスターしているらしい。

「……あの、なんでも上手、なんですね」

最後冷風を使って、髪を整えることまでしてくれる。オシマイ、という言葉の代わりに、そっと前髪にキスを落とされた。

「……そうですか？　器用貧乏とは……よく言われますが」

くすっと笑って肩を竦《すく》めながら、彼は亜耶の方にさりげなく手を伸ばす。

「……行きましょうか？」

亜耶がその手を取ると、布団の敷かれている和室に連れていかれた。

「亜耶さん」

布団の上に立ち、向き合う格好で抱き寄せられる。亜耶はその広い胸に頬を寄せた。

「……やっぱり、ちゃんと気持ちを伝えられる方が嬉しいですか？」

困った顔をしつつも、ちゃんと亜耶の目を見て彼が囁《ささや》く。

「はい、何度だって聞きたい、です。好きって言われたらきっとすごく嬉しいです」

抱きしめてもらうだけでふわりと気持ちが浮き立って、ドキドキと鼓動が高鳴る。ちゃんと好きと言ってキスしてもらえたら、どれだけ幸せな気持ちになれるのだろうか。

亜耶は期待して恭介をじっと見上げた。

「あの……亜耶さん？」

「なんですか？」

普段冷静な恭介が、首筋あたりからじわじわと赤くなる。

「少し……目、閉じてください。そんな至近距離で、期待に満ちた瞳で見られても……困ります」

それもそうか。彼自身も言っていたけれど、好きとか、愛してるとか、口に出すのは恥ずかしくて苦手なのかもしれない。

それでもその言葉を聞きたい亜耶はそっと目を閉じる。

「んっ……っ」

次の瞬間、好きと言われる代わりにキスをされて亜耶は目を開く。すぐに唇を離した彼が目を細めたまま囁《ささや》いた。

「こんな風に隙だらけの亜耶さんが好きですよ」

「──ずる……いっ」

愛《いと》おしげな声、優しい視線だけで体温が上昇する。ふわりと頬を撫《な》でられて、もう一度唇が触れた。

「私に不埒《ふらち》なことをされても逃げるのを忘れて、毎回あっさりと捕まってしまう迂闊《うかつ》な亜耶さんが大好きです」

迂闊《うかつ》って、この場合は褒《ほ》め言葉なんでしょうか？　そう訊《たず》ねることもできず、心臓がバクバクと高鳴る。

だって……大好きでたまらない人に、好きと言われているから。

真っ赤になった亜耶を彼は強く抱きしめ、キスが深まり舌が絡められる。やがてそれは、蕩《とろ》けるような心地よいものに変わっていった。

「んっ……ぁあっ」

舌先で口内を刺激されるくすぐったさが、じきにゾクリとするような官能を連れてくる。

「本当に亜耶さんは色っぽくて可愛い。でも同じくらい、私は仕事をしている亜耶さんの真面目で一生懸命なところも愛《いと》おしいんです」

甘い告白をしながらも、彼は亜耶の体の線をたどるように指先を這《は》わせた。

「きょ、すけさんっ」

自分はとっくに真っ赤になっているだろうと思いつつ、亜耶は必死に彼を止める。

「ダメです。こんなことしながら言われたら、恭介さんの言葉に集中できません」

亜耶の言葉に、彼は悪戯《いたずら》が見つかった子供みたいに肩を竦《すく》めて笑った。

「……ばれましたか。こうしながらだと、亜耶さんがこちらを見ないから、言いやすいんです……ダメですか？」

「ダメじゃないですけど。今日は、ちゃんと顔を見て言ってください。でないと、実感できない」

「なんで……実感できないんですか？」

優しくにこりと笑まれて、どきんと胸が高鳴る。

「だ、だって……私、恭介さんのことが、好きで……好き、すぎるから……。好きな人が、私のことを好きって思ってくれるなんて、幸せすぎて、実感できなくて」

目の前の大事な人を死なせたくないという想いだけで、あんな風に迫《せま》っただけ。その結果、こんなことが待っているなんて、想像もしていなかった。

「亜耶さんっ」

すると、ぎゅっと痛いくらい抱き寄せられて不器用なキスが降ってくる。

「亜耶さんが……好きです。大好きです。愛しています。……いつだって貴女《あなた》が欲しい」

余裕のあったはずの彼の、乱れた呼吸と合間に落とされるキスで亜耶の腰が砕ける。そして、あっという間に布団に押し倒された。

「亜耶さんが……好きだ」

頬に触れ、じっと瞳を見つめられる。彼の瞳には、いつもあったはずの余裕がみじんもなくなっていた。

「好き。私も課長が……恭介さんがずっと好きでした」

じわり、なんてものではなくて、カッと全身に熱がこみ上げる。

「貴女《あなた》の大事なものを犠牲にしても、私を止めてくれるくらい、私のことが好きだったんですか？」

「大事なものって？」

頬を撫《な》でて愛《いと》おしそうにキスをしていた彼は、困ったように囁《ささや》く。必死すぎて、眼鏡がちょっと傾いているところも愛《いと》おしい。

「貞操とか、そういうモノ、ですかね……。私が酷《ひど》いことをしても……それでも亜耶さんは私の命を守ってくれようとしたんですよね」

慣れない告白のせいか余裕を失くした彼がなんだか可愛く見える。亜耶はくすりと笑い、彼の眼鏡を取ってあげた。

「だって好きだから。私を選ばなくてもいいから、貴方にいなくなってほしくなかった……。でも恵理佳さんが来て、本当はそんな純粋な想いだけじゃなかったこと、思い知りました」

自分を見つめる瞳も、優しい指も……全部。

「いなくなってほしくないだけじゃなくて、やっぱり傍《そば》にいてほしいって、あんな風にしてでも、本当は恭介さんに少しでも近づきたいって思っていたから、きっと……」

「私も酷《ひど》いことをいっぱいしてしまいましたけど……全部亜耶さんが好きで、どう表現していいのか分からなくて、気持ちが抑えきれなくて……貴女《あなた》の存在が全部欲しくて。そのくせ、言葉が足りなくて」

そっと唇を寄せて、触れ合わせる。それだけでこんな風に幸せになれることを初めて知った気がした。

「亜耶さんに不安な思いをさせて、本当にすみませんでした。でも……」

指を絡められて、その手が彼の唇に触れる。

「もし貴女《あなた》がこんな私でいいと言ってくれるなら。ずっと傍《そば》にいさせてください」

その言葉に亜耶は目を細めて笑みを浮かべた。

ぽろりと涙が頬を落ちていく。

「貴女《あなた》が救ってくれた命だから、貴女《あなた》のために使いたい」

そんな風に言ってくれる人だから——

「自分のために使ってください」

「どっちでも一緒ですよ。私が貴女《あなた》と一緒にいたいんですから」

くすりと笑い合って再び唇を重ねる。静かな山奥で誰にも邪魔されない場所で二人。こうしていると本当に幸せ。

「ふ、ひゃ？」

次の瞬間、突如浴衣《ゆかた》の裾《すそ》を捲《まく》られて、亜耶は変な声を上げてしまった。

「……やっぱり下着を着てないのって……たまらないですね」

大胆に裾《すそ》を開いた大きな手が、ゆるゆると太腿《ふともも》を撫《な》でていく。

「温泉に入ったからでしょうか、いつもより艶《つや》やかで」

「んっ……ふぁっ……」

「下着なしの浴衣《ゆかた》は本当に……いいですね。亜耶さんにイヤラシイこと、し放題です」

言葉に違《たが》わぬ不埒《ふらち》な指が内腿《うちもも》を這《は》い、上へ上へと攻め立てる。

「やっ……ダメですっ」

「亜耶さん、好きですよ。力を抜いてください。大好きな貴女《あなた》を、たくさん気持ちよくしてあげたいんです……」

彼は深くて甘い声を耳元で吐息《といき》交じりに囁《ささや》く。

「……恭介さんはズルいです、やっぱり」

「本来の私は好きなものを手に入れるためならなんでもするズルい男なんです。申し訳ないですが」

くすくすと笑って、あっという間に亜耶の体を押さえこんだ。

「亜耶さんを手に入れるためなら、多少の無茶もします。……ってさっき風呂で悪戯《いたずら》をしたせいですか？　もう……こんなに濡れている」

亜耶さんはやっぱりエロい、と掠《かす》れた声で言われ、それだけで体が疼《うず》いた。

「……今まではこんなに、いやらしくなかったはずなんですっ」

思わず涙声で訴える亜耶に、彼は口角を綺麗に上げてほんの少し意地悪く笑う。

「……そうなんですか、おかしいですね。私の知っている亜耶さんは、いつもとってもエロいんですが……どうして亜耶さんはこんなにいやらしくなっちゃうんですか？」

亜耶の顔を見て妖艶《ようえん》に言うと、首筋に唇を寄せた。

「もしかして、元々エッチ大好きな子だったんですか？」

「違……っ。恭介さんが好きだから、恭介さんだけに……こんなになるのに」

必死に言い返すと、彼は幸せそうに笑う。

「本当に亜耶さんは素直でいい子だ」

亜耶は彼にまた想いを吐露《とろ》させられたことに気づいた。

「ズル……い、私ばっかり、んっ……はぁっ……」

「やっぱり……浴衣《ゆかた》はいいですね」

そのまま手を挿《さ》しこまれて、胸元をはだけられる。

「最高に……色っぽい」

胸を露出した亜耶の姿を、彼は上から観察する。

「やぁっ……だめぇ」

「そんな潤《うる》んだ目で見上げられたら、余計……そそられますが」

隠そうとした手を取られて、横で固定された。貪《むさぼ》るように彼の唇が胸を這《は》う。

「あっ……はぁっ……あっぁ……ん」

べろりと胸のふもとから舐《な》め上げ、既《すで》に赤味を帯《お》びた蕾《つぼみ》を食《は》まれる。ちろちろと舌先で転がされると、亜耶の口から甘い声が上がった。

「綺麗な……胸ですね。こうなる前、どんな体があの地味なスーツの下に隠れているんだろうとずっと妄想してたんです。そうしたら……。あの日、シャワー中に突然飛びこんでくるから、私は貴女《あなた》の体にまで夢中になってしまった。こんな理想どおりの人がいるなんて……と」

囁《ささや》きながら左右の蕾《つぼみ》を交互に味わう彼は、嗜虐的《しぎゃくてき》な笑みを浮かべる。

「あぁ……こんなに硬くして。そんなに私に食べられるのが好きなんですか？　本当に……亜耶さんは可愛い。もっといっぱい、エッチなことをしてほしいですか？」

その言葉に亜耶はつい頷《うなず》いた。

「恭介さんならエッチなこと、いっぱいしてほしいです」

「……素直な亜耶さんは、大好物です」

身を預けるように力を抜いた亜耶を確認すると、彼は拘束していた手首を解放し、その下半身を自らの足の上に乗せた。

「……は、恥ずかしい」

「大丈夫。どんなに淫《みだ》らな亜耶さんでも、私は全部大好きですよ」

今までの分を補うように甘い言葉を散々降らせて、亜耶の体を開いた形で固定する。

「いっぱい気持ちよくなりましょうね。とろとろに溶《と》けるまで、たっぷり可愛がってあげたいです」

指先で亜耶の大事な部分を開くと、彼は溢《あふ》れる蜜《みつ》を指に絡め、親指を使って花芯を辿《たど》った。中指はそのまま亜耶の中に伸ばす。

「あっ……ダメっ、そこ、あぁあ、あ、ああっぁぁ」

「ああ、亜耶さん可愛い。もう一度指でイッてください。それから舌で、その次は、中も指で……」

「やっ……そ、そんなに色々されたら……おかしく……ひぁあ……」

「……オカシク、なってください」

普段理性的な恭介の瞳が、淫《みだ》らな光を帯《お》び愛欲に溶《と》けている。その視線にさらされつつ、亜耶は一つ目の快楽の淵《ふち》を越えていく。

「亜耶さんが好きすぎるから、貴女《あなた》をめちゃくちゃに酔わせたいのです」

「いやっ……まだ、敏感なのっ……ダメ、やめて」

逃げ出そうとする亜耶の体を押さえこみ、彼は体勢を変えてその部分に顔を埋《うず》めた。

「大丈夫。亜耶さんはすぐ気持ちよくなりますから……辛《つら》いくらいの方が感じるエッチな体ですよね。私の好みピッタリです」

次の瞬間、じゅる。じゅぱ……じゅるる。という、蜜《みつ》を貪《むさぼ》る淫《みだ》らな水音が室内に響く。それは亜耶の恥ずかしい部分を彼が思うさま啜《すす》る音で。

「やあ……やめてっ。はずかし……っ。あぁ、あ、ああ、ぁあっ」

舌が硬くなった花芽を嬲《なぶ》り弾《はじ》く。唇がそこを覆《おお》い、吸い上げた。軽く歯を当てられる。

「だめ、だめなのっ……ぁあ、あ、あ、あ、あ、ああっ」

ビクンビクンと体が跳ね上がった。迫《せま》りくる悦楽に耐え切れずに、シーツをきつく握りしめて耐えていると、あっという間に白い感覚が押し寄せてきて……

「亜耶さん、愛してます」

達した亜耶がゆっくりと目を開くと、彼はそう囁《ささや》きながら濡れた唇を指先で拭《ぬぐ》っているところだった。笑みを浮かべ、美味《おい》しそうに舐《な》めとる。

「やめてっ……」

咄嗟《とっさ》に亜耶が視線を逸《そ》らすと、彼はその頬を掬《すく》って、視線を固定させる。

「ああ、こんなところまで垂れてる。亜耶さんの蜜《みつ》は本当に甘くて美味《おい》しいですよ……」

手のひらまで舐《な》めて見せられ、それほど濡れてしまったのかと亜耶は涙目でふるふると顔を横に振った。そんな亜耶を楽しそうに見つめ、彼は溶《と》けた秘裂をなぞる。

「今度は手でイきましょうね……」

「いやぁっ……」

亜耶はゾクゾクする疼《うず》きに体を揺らし、無意識にその手を捉《とら》えた。

「お願い、もう……許して」

そう懇願《こんがん》する。風呂から既《すで》に三度達し、体が熱を帯《お》びていた。

気持ちよすぎるけれど、本当は……もっと……強いものが欲しい。

「ダメです。もっと気持ちよくなってもらわないと、ね」

甘やかしてくれるはずなのに何故《なぜ》かサディスティックな笑みを浮かべた恭介が、今度は指を中に穿《うが》つ。

「ひぁっ……ひゃだ……ダメ、ふ、ぁあああっ」

「さあ、何度でもイッてください。我慢できずに腰を振ってしまうエッチで可愛い亜耶さんを、もっといっぱい、私に見せてください」

彼は亜耶を何度も追い詰《つ》め、泣きながら縋《すが》るのを見て、ようやく手を止めた。

「亜耶さん、気持ちいいですか？」

その言葉を聞く頃には、亜耶の意識は朦朧《もうろう》としている。

「亜耶さん、大好きですよ。本当に私の理想どおりで。貴女《あなた》は最高にエロくて可愛い……」

亜耶はとろんと緩んだ笑みを零《こぼ》した。濡れた唇を開き、キスをして、とねだる。

「きょ、すけさん……いっぱいキスして」

彼女の瞳には既《すで》に理性のかけらもない。

「あと、も、欲しいの」

唇を合わせ、舌を絡め、くぐもった声で息継ぎの合間にお願いした。

「……欲しいって……何を？」

「……恭介さんのを、中に欲しいの、も、欲しくておかしくなりそう……」

そして、彼の腰に手を回して引き寄せるように抱きしめる。

「お願い、早く……ちょうだい」

彼に溶《と》けた部分を押し付けて淫《みだ》らにねだる。

「……本当に亜耶さんはそんなおねだり、どこで覚えたんですか？」

「知らないっ。恭介さんが……欲しいの。カタイので、いっぱい突いてほしいの……疼《うず》いて辛《つら》いの、ね、はやくぅ……」

淫《みだ》らに腰を振る亜耶の姿に、恭介はその体を大きく開く。けれど一瞬躊躇《ためら》い、持ってきていた避妊具だけはつけた。

「結婚したら……生でさせてくださいね」

そんなお願いごとに、亜耶は溶《と》けたような笑みを浮かべる。

「はい。恭介さんの、子供。欲しい……」

甘える年下の恋人に、恭介の理性はあっさり飛んだ。

「だから、貴女《あなた》って人は……」

思うさまその体を貫《つらぬ》くと、亜耶は足を絡めて彼を誘う。

「きょ、すけさん、んあっ……イイの……キモチ、イイの……ぁあっ、ぁあああっ」

とろとろに溶《と》けたそこは打ち震えつつ彼を悦《よろこ》んで受け入れていく。ヒクつく中は恭介に絡みつき、二人は互いに快楽を分け合った。

＊＊＊

「きょ、すけさん、好き。大好き」

乱れて恭介に縋《すが》りつき、亜耶はただひたすら好きと喘《あえ》いだ。

（……だから、惑《まど》わされる……）

亜耶を抱くと、彼女は毎回快楽に溺《おぼ》れる。理性のタガが外れると出てくる亜耶の本音がそれで。

（ずっと自分のことを、好きだったから、そう言ってくれていたのか……）

そう思った瞬間に、幸せがこみ上げてきた。

「亜耶っ……愛してるっ」

思わず呼び捨てで彼女の名を囁《ささや》き、苦手だった愛の言葉を口に乗せる。すると彼女が、幸せそうに溶《と》けた笑みを浮かべた。

（こんな言葉で、亜耶が幸せになれるなら……）

「亜耶、愛しています。ずっと……貴女《あなた》が好きだった。初めて出会った時からずっと……」

心のままに想いを告げる。途端、恭介の体中に心地よさが広がった。同時に亜耶の締めつけがきつくなり、彼女が涙を零《こぼ》した。

「……かちょ……私も、ずっと、好きだったの。あ、ぁあっ……キモチイ、オカシク、なっちゃう。もっと……はぁっ、ひ。あ、あ、あ……」

ああ、また課長と言っている。それをネタに後でもっと攻め立ててやろう。そう考えながら、恭介は理性など忘れようと決める。

「あ、ダメ、かちょ、いま、すごく、おっきぃの……」

まったくうちの部下はエロくて困る。こんな時にそんなことを言うなんて。

「ええ、大きいですよ。亜耶の中に全部出したくて必死ですから……」

今はそうするわけには行かないが、戻ったら早いうちに亜耶の両親に会って、結婚を申しこもう。

「亜耶っ。貴女《あなた》は私のモノだ。もう……逃がしませんっ」

快楽に怯《おび》えて一瞬逃げかけた腰を押さえつけ、叩《たた》きつけるようにして亜耶の最奥を目指す。

「は、ぁ、あ、あああぁぁぁぁぁ、も、イっちゃ、だめぇ、も、イちゃ……」

「亜耶。貴女《あなた》が好きだ。……愛してます」

「あっ……うれし……きょ、すけさん、好き、ぁあぁぁぁっ」

恭介の告白の言葉と共に、亜耶が身を震わせて達する。苦しげな彼女は呼吸を乱して恭介に縋《すが》りついた。恭介はその姿に見惚《みと》れながら、彼女の一番奥で堪《こら》えていた情熱を迸《ほとばし》らせる。

「ふぁっ……キモチイイ……恭介さん、大好き」

幸せそうに囁《ささや》く亜耶にぎゅっと抱き着かれた。亜耶と共に、絶頂感の後の幸福に酔う……はずだったのだが——

「…………っ」

一度達したはずの自分の体の変化に、恭介は眉を寄せた。

「……すみません」

その言葉を聞いた亜耶が潤《うる》んだ目をゆっくりと開く。

「……え？」

「……達したのに萎《な》えません」

「……ん？」

「今度は、後ろからしましょうか。乱れた浴衣《ゆかた》でのバックは、きっとものすごくエロくていいです。亜耶みたいに胸の大きい人だと、さらに」

「……ええ？」

動揺している亜耶の中に自らをとどめたまま、半回転させてうつぶせにする。

「ああ……やっぱりこの姿は堪《たま》らない」

浴衣《ゆかた》の裾《すそ》を大きく絡《から》げて、臀部《でんぶ》を突き出すようないやらしい格好をさせる。手のひらでたっぷりと尻を撫《な》でると、ヒクリと中がしまった。

「いい子だ。亜耶、まだ……いけそうですね」

「あの、む、無理ですっ」

逃げ出そうとする腰を再び抱いてゆっくりと挿抜《そうばつ》すると、自らに力が戻るのを感じる。

「おかしいですね。こんなになるほど、若くはないはずなんですが」

「あ、いやぁ、だめっ……動いちゃっ」

まだ逃げ出そうとしている亜耶をしっかりと体の下に押さえこむ。本当はゴムを付け替えないといけないのだろうが……。このままもう抜きたくない。ずっと中にいたい。

（まあ、できたらできたで……結婚する時期が早まるだけで、却《かえ》ってこっちには都合がいい……）

などと凶悪なことを考えている自分にも少々驚くが、それだけ亜耶を手に入れたいと思っている。

「亜耶？」

「……はい」

「里田社長公認の、愛欲塗《まみ》れの温泉旅行ですから。……今夜も明日もたくさんしましょうね。明日明るくなったら、日差しが燦々《さんさん》と入る明るい風呂でも、いっぱい亜耶を啼《な》かせてあげます」

きっと外でしているみたいな気分が味わえますよ、と機嫌よく囁《ささや》くと、亜耶はぐずるような声をあげた。だが一度二度と激しく突き上げているうちに、それは甘い吐息《といき》に変わる。

「ダメ、ゆるして、も、壊れる……」

「大丈夫。壊しませんよ。未来の私の奥さんを大事に愛するだけです」

「ぁっ……やぁ……ん、あ、そこ……かちょ、だめっ」

「……課長と言うたびに、一回イかせますよ。迂闊《うかつ》な亜耶は、何度……イくことになるんでしょうね……」

「かちょ……恭介さんのヘンタイ、意地悪、ぁっ……そこ、好き。イイのっ」

「……ああココも好きなんですね。……まったく、ダメって言いながら、本当にエロい。安心してください。亜耶のいいところは、全部覚えておきますから。と、また課長って言いましたね。お仕置きです。じゃあ今よかったココで、もう一度イきましょうか」

亜耶を抱いて背中にキスを落とす。

「ムリ、ダメ。きょ、すけさんっ……ぁあ、そこぉ……ダメ、また……オカシクなっちゃ……」

「まだまだ夜は長いですから、たくさんイって、いっぱいオカシクなりましょうね。私はどんな淫《みだ》らな亜耶も大好きですよ」

腰をイヤラシくうねらせて、中をヒクつかせ、自分を中へ中へと引きこむ体を抱く。今度は彼女を快楽の蜜獄《みつごく》に落とすべく、硬く張り詰《つ》めた楔《くさび》を彼女のいいところに合わせてゆっくりと抽送《ちゅうそう》させた。

「亜耶、気持ちいいですか？　いい子だ。もう一度、中でイけそうですね」

「ひゃ……うぁんっ……また、イっちゃ……ぁあ、やぁ、あ、あ、あ、あぁ……」

その言葉に応えられないほど、あっさりと愉悦に堕《お》ちていく亜耶を抱きながら、恭介は彼女との結婚準備について意識を振る。

亜耶にのめりこみすぎて短時間で終わらないように自らを律《りっ》しつつ、未来の妻を理性のかけらさえ溶《と》かすほど追い詰《つ》める。

そうして愛欲の夜は更《ふ》けていくのだった。

エピローグ

——ピンポーン。

インターホンの音がして、亜耶は通院後の休憩を切り上げ、リビングのソファーから立ち上がった。ゆっくりと歩いて通話口を押す。

「はーい、なんでしょうか？」

「荻原さん、宅配便です！」

そこにいるのはいつも荷物を届けてくれる宅配会社の制服を来た男性だ。インターホン越しの元気のいい声に、亜耶は何か届く予定があっただろうか、と首を傾《かし》げた。

「はい、今出ます」

少し大きくなりかけたお腹《なか》は、まださほど目立たない。ようやく今日から安定期に入り、最後の夫婦だけの生活を楽しめると今日の夜、恭介に報告しようと思っていたところだ。

「……荻原さん、ハンコお願いします」

宅配便の彼が持ってきた小さな荷物を受け取ると、亜耶は屈んだままハンコを押した。

「亜耶さん、元気？」

その声にはっと顔を上げる。

「……佐藤くん？」

それは亜耶の勤める会社に、一時期出入りしていた宅配便の担当の男性だった。

「……無事、妊娠できたみたいだね」

「は……？」

突拍子もない言葉に亜耶は絶句する。

そう言えば彼はあの温泉に向かうバスで別れた後、出社した時には担当を変わっていた。それを早苗から聞かされて、メールでお礼を伝えたけれど返信はなく、結局謎のまま、亜耶は普段の生活に埋没していたのだ。

「もう、死亡フラグ立たなくなったでしょ？」

「え？」

「もう父さんってば、何度死にかけるんだよって感じだよね」

くすりと笑う彼に、亜耶はさらに首を傾《かし》げた。

「……父さん？」

「そう。俺の父さん。荻原恭介ね。でもって、俺の母親は荻原亜耶。で。この世界の俺は胎児で、今ここにいる」

そっと伸ばされた手は、亜耶のお腹《なか》に優しく触る。突然触られたのに、やっぱり尚登には恐怖も違和感も覚えず、亜耶は自然にその手を受け入れていた。

それよりも彼の言ったセリフの方が気になる。

「……どういうこと？」

「俺は今、佐藤尚登さんの体をちょっとだけ貸してもらっているんだ。それで父さんと母さんが上手《うま》くいくように手助けしに来た。亜耶さんの血筋に昔、そんなことができた人もいたって聞いたことあるでしょ？　だから俺の能力は、先祖返りみたいなもんなんだと思う」

「……ちょ、ちょっと待って」

……この人は何を言っているのだろう。

でもなんとなく……彼の言っていることは嘘じゃない気がする。

もし彼が嘘をついているのでなければ、彼はこれから亜耶が産む子供、ということになるのだろうか。

「まさか、そんなの……ありえない」

「……でもさ、ありえない、なんてことがないのは、母さん自身がよく知っているよね。だって死亡フラグが見えて、それを回避する能力があるんだから」

くすりと笑うその顔は、顔立ちは全然似てないのに、恭介の穏やかな笑みを思い出させる。

「じゃあ……本当に貴方は、この子、なの？」

そう言葉に出した瞬間、亜耶はふとその考えが正しい気がした。

そんな亜耶の様子を見てか、彼はそっと彼女のお腹《なか》を撫《な》でると、口角をゆっくりと上げる。

「信じても、信じなくてもいいよ。ただ、俺の知る限り、うちの両親は子供がデカくなっても、ラブラブなまま元気にしてるから、そこのところは安心して」

「そ、そうなんだ。それはよかった」

呆然としている亜耶に手をひらひらと振り、彼はコチラを向いたまま後ろ向きで、やってきたエレベーターに乗りこんだ。

「ってことで、Mission accomplished《にんむかんりょう》！　母さん。またね」

それだけ言うと、閉まるエレベーターから満面の笑みで両手を振った。呆気《あっけ》にとられたまま、亜耶も手を振り返す。

（結局、なんだったんだろう？　今も何がなんだか分からなくて、結構混乱しているけど……）

呆然と見送っているところに、入れ替わるように上昇してきたエレベーターの扉が開く。

そのエレベーターに乗っていたのは、夫の恭介だ。

両手いっぱいに買い物袋を持っている。産婦人科の定期検診で仕事を早退した亜耶の代わりに買い物に寄ってきてくれたらしい。すっごく助かる、本当に。

憧れの上司は、今では亜耶の最高の夫になってくれたのだ。

「……亜耶さん、どうしたんですか？」

普段なら飛びついておかえりなさい、と言う妻が玄関で呆然としている様子を見て、彼は眉を寄せた。

「いえ……今、佐藤くんが来ていて」

有能な彼は、一度聞いた人の名前は忘れないようだ。佐藤くん、と亜耶が言っただけで誰のことか分かった顔をする。

「……佐藤くんって……会社に出入りしてた宅配会社の？　なんで彼が家《うち》に？」

恭介は不快そうに眉を顰《ひそ》めた。相変わらず独占欲が強い。

（まあ、それは私も一緒だけど……）

焼きもち妬《や》きな夫の手を取り、亜耶は部屋に入るように促《うなが》す。

「なんかね、佐藤くんって、中身は……この子なんですって」

自分のお腹《なか》に触れながら答えると、さすがの恭介もきょとんとした顔をした。

「は？　……どういう意味ですか？」

「このお腹《なか》の子は、私の子供だから、ちょっと変わった能力を持っていて、未来から私たちが上手《うま》くいくように、お節介をしにきていたんですって。うんと……佐藤くんの体を借りて、意識だけこっちに飛ばして」

亜耶の言葉に、恭介はゆっくりと瞬《まばた》きをする。

「……成長した未来のこの子が、親の縁結びをするために過去に来た、ってことですか？」

亜耶はあやふやなまま頷《うなず》く。

「そういう……ことなのかな？」

ほんの少し背伸びをして彼のスーツをクローゼットに戻そうとすると、彼がそれを取り戻して、自分で掛けた。社内で気遣いのできる課長は、家の中でも妻を気遣う素敵な夫だ。

（やっぱり恭介さんは優しいなあ……）

幸せな気持ちでニコニコしながら、亜耶はちょっと休もうとベッドに腰を掛ける。彼も着替えを終えて亜耶の隣に座った。

「よく分からないんですが、とにかく、この子が私を救ってくれた、ということでしょうか」

生真面目《きまじめ》な彼は、亜耶の発した言葉の意味を、着替えの間ずっと考えていたらしい。

「きっとそういうことだと思います」

「ちょっとにわかには信じがたいですが……。でも確かに佐藤くんの行動はいつも不思議な感じでしたよね。それにあの事件のあと、姿を消してしまいましたし……だから、もしかして……」

冗談めかして呟《つぶや》く彼は、どこまで亜耶の話を信じているのか分からない。

――ただ、亜耶の方は。

尚登がどんなに不用意に亜耶に近づいたとしても、警戒心を抱かなかった。それは自分にとって尚登の中身が身内だったからだと思えば納得できる。そして、亜耶の中の本能的な何かが、尚登の言っていることは正しいと告げているのだ。

それを伝えると、恭介は亜耶の言葉に小さく頷《うなず》いた。

「まあ、死亡フラグが見えて、私を助けてくれた人がいるくらいですから。……そういうことも世の中にはあるのかもしれないですね。亜耶さんと一緒にいると、世界には不思議なことがいっぱいあるんだな、と気づかされます」

ふわりと頬を撫《な》でてくれるのは、いつもどおり優しくて大きな手だ。

「……はい」

恭介は亜耶の話を完全に信じているわけではないかもしれない。亜耶だって荒唐無稽《こうとうむけい》すぎて、理性ではありえないと思っているのだから。

それでも、亜耶の話を懸命に受け入れようとしてくれる彼が大好きだ。

にっこりと笑みを返すとそっと亜耶の唇にキスが落ちてくる。亜耶に子供ができてから、恭介はとても大事そうに触れてくれるのだ。

たまにほんのちょっとだけ、ベッドでのSな彼も見てみたくなるけれど、心配性の彼に安定期までは、ちょっとお預けにしましょうと言われていて……

「そうだ。今日、病院に行って、安定期に入りましたって。赤ちゃんも私も今のところ問題ありませんってお医者さんに言われました。なので、普段と同じ生活をしても大丈夫らしいです」

普通に報告しているはずなのに、なんとなくそわそわしてしまう。お医者様から問題ないと言われたから、ちょっとだけ彼にエッチなことをしてほしくなっているとか……言えない。

だけど彼はそれを見落とすほど鈍い人ではなかった。

「そうですか。それはよかったです。……ところで風呂、まだ用意してないですよね？」

……よし。なんとなく伝わっている気がする。しかも彼はシャツを腕まくりして、張り切っている感じだ。

「すぐ入れるように用意をしてきますので、すみませんが、買い出しの荷物、小さい方だけ、冷蔵庫にしまってきてもらえませんか？」

大きい方は常温のものだし、重いから私が片づけますという彼の声に、亜耶は小さい方の袋を持って移動する。

（こっちは軽いみたい。というか……今気づいたけど、これデパ地下のものだ）

「……うわあ。さすが課長。用意周到だった……」

何事も段取りのいい亜耶の上司は、先読み能力に長《た》けている。今日、安定期に入って最初の通院日だと分かっていての、この準備だったのかもしれない。

小さな袋に入っていたのは、デリサラダに、貧血気味の亜耶のためのレバーペースト、フランスパンに、ローストビーフに、野菜たっぷりのスープ。

（今日は夕食の準備はいりません。……久々だから集中しましょう。て……ことですね。これは）

勝手に顔が熱を持つ。

亜耶はドキドキしながら冷やしておくものを冷蔵庫にしまい、リビングに戻ってきたところで彼に捕まった。

「……で。食事を先にしますか？　風呂を先にしますか？」

耳元で囁《ささや》く彼の声はもうお腹《なか》が疼《うず》くくらい艶《つや》っぽい。

「あ。あのっ。まだ外、明るいんですけど」

うわ、馬鹿。何を期待しているのかばれちゃう。咄嗟《とっさ》に口走ってしまった亜耶をあやすように、彼が額《ひたい》に一つキスを落とす。

「相変わらず亜耶さんは迂闊《うかつ》ですね。では……食事にしましょうか？　その方が後の時間がゆっくり取れますし。お風呂にも一緒に入りましょうね」

（——話を聞いているようで、聞いてないいっ）

彼は満足げに笑うと、緩やかに亜耶の髪を撫《な》でて、そのままゆるゆると背中も撫《な》でる。その手はさらに下りて、さりげなく臀部《でんぶ》まで撫《な》でた。

ゾクンとして亜耶の体が緩み、つい瞳が潤《うる》む。

「……もちろん私は、食事も風呂も後回しで、亜耶さん一択ですが……お腹《なか》がすくと亜耶さんは機嫌が悪くなりますから、先に食べてしまいましょう……その後にゆっくりと亜耶さんを可愛がりたいです……」

大好きだった恭介に抱きしめられて、優しくキスを落とされて、不埒《ふらち》なことを囁《ささや》かれれば、もうどこもかしこも溶《と》けそうだ。用意周到な彼の腕の中から逃げる気なんて、初めから一つも起きない。だって最初に死亡フラグが立ったあの日から今日まで、彼のために自分を捧《ささ》げることは、亜耶にとってはご褒美《ほうび》でしかないから。

「……はい。でも、赤ちゃんがいるから、優しくしてください」

ドキドキする胸を押さえ、亜耶はそっと夫に寄り添う。

「もちろん。無理はさせません。大事に可愛がらせてもらいます。……エッチな亜耶さんが満足するくらいにはたっぷりとね」

眼鏡越しの鋭い視線を妖艶《ようえん》に細めて、彼がどこか意地悪そうに囁《ささや》く。サディスティックなセリフに反して、きっと恭介は宝物のように大事に亜耶を抱くのだろう。

亜耶はそっとお腹《なか》を撫《な》でて小さく心の中で囁《ささや》く。

（……私達を守ってくれて、ありがとう。頑張って産んで大事に育てるから……今日は恭介さんと

仲良くさせてね）

それから亜耶は死亡フラグのない彼に抱き着いた。

「今夜はどこにも行っちゃだめですよ。ずっと……一緒ですからね」

恭介はくすりと笑って、あの日のように答える。

「亜耶さんがここにいるのに、私がどこに行くというんですか？」

少し猫背気味の大きな体に抱きしめられて、清潔なハーバルノートに包まれる。そして甘いキスが降ってきた。

番外編　思い出の温泉宿にて……

「――亜耶、着きましたよ」

レンタカーのギアをパーキングに戻して、恭介は後部座席に目を向けた。そこには寝ている息子と、あたりを見渡して懐かしそうな顔をしている妻がいる。

「バスだとずいぶん遠かった気がしますけど、車だとそこまで遠くはないんですね。恭介さん、車の運転お疲れさまです」

にっこり笑う彼女に頷くと、恭介はシートベルトを外し、車を降りた。後部座席のチャイルドシートにいた息子を抱き上げ、横に来ていた亜耶に渡す。

「やっぱり駅でレンタカーを借りておいて正解でしたね。荷物はこっちで持っていくから、結弦《ゆづる》を連れて、先に行ってください」

あたりの深緑が眩《まぶ》しい。ここまで来ると、エアコンが効いてなくても空気が涼しくて、自然な風の心地よさに思わず目を細めた。

「あれから四年ぶりかぁ。なんだか懐かしいですね」

亜耶もぐっすり眠った息子を抱いてあたりを見渡す。

そう、ここは結婚前——亜耶と想いを通じ合わせた日に二人で泊まることになった、あの宿なのだ。

「すみません、予約していた荻原ですが……」

カウンターで声を掛けると、顔を覚えてくれていたのだろうか、前回こちらに宿泊した時に案内してくれた女将《おかみ》が目元を緩ませる。

「以前も泊まりにいらしてくれたお客様ですよね。……そうですか、ご結婚されたんですね。おめでとうございます」

ちらりと宿帳を見て、笑顔を返してくれる。

「そうなんです。実はこちらに来た縁で……」

恭介はそう言って亜耶と微笑《ほほえ》み合った。

あの出来事から半年ほどで二人は結婚し、ほどなく亜耶は長男・結弦を妊娠した。それからは家族三人で幸せな毎日を送っている。

息子を抱いた亜耶と一緒に、女将《おかみ》が案内してくれた部屋に向かう。それはあの『愛欲塗《まみ》れ』な三日間を過ごした懐かしい部屋だった。

もちろん今回は息子連れだから、愛欲に塗《まみ》れるわけにはいかないかもしれないが、こうして三人で再び訪れることができた幸福を、恭介はじんわりと胸の奥で噛みしめる。

「ありがとうございます」

さっそく敷いてくれた布団に息子を寝かせると、亜耶がこちらに戻ってきた。女将《おかみ》はお茶を淹《い》れ風呂の説明をして、部屋を出ていく。

「結弦、よく寝ていますか？」

そう訊《たず》ねると、亜耶はにっこりと笑って、恭介の隣に座った。ふと悪戯心《いたずらごころ》が出てきて、彼女の頬を捕らえて、唇を合わせる。いつもの挨拶《あいさつ》みたいなキスではなくて、夫婦の時間を過ごす時の甘く濃密なキスだ。

「……んっ……きょ、すけさん……」

ぎゅっと胸のあたりに手を添わせ、亜耶は服を握りしめる。その彼女の反応に、ドクリ、と欲望の炎が揺らいだ。

「夜、結弦が寝た後、二人で風呂に入りましょうか。あの時みたいに……」

「……恭介さん、ちょっとエッチな顔してます……」

「亜耶だって……もう濡れてきているんじゃないんですか？」

「やぁっ……ダメっ」

抱き寄せて、わざと息を吹きかけ囁《ささや》くと、亜耶は体を震わせ、瞳を潤《うる》ませる。彼女は子供を産んでから、より一層感じやすい体になった。

恭介はじゃれるようにワンピースの上から胸を弄《もてあそ》び、正座をしているスカートの裾《すそ》から指を滑りこませる。

「ちょっ……恭介、さんっ」

こちらを睨《にら》み付ける目はとろりとしている。制止するふりをしているが、膝の力は抜けていて、亜耶は不埒《ふらち》な指を受け入れてしまっていた。

「やっぱり……もう溶けてますね。亜耶は本当に可愛すぎます」

恭介は中指をゆっくりと抜き挿《さ》ししながら溢れた蜜を親指に絡め、感じやすい芽を転がす。もう一方の手で亜耶の豊かな胸を堪能《たんのう》した。それだけで感じてきたのか、彼女は腰を浮かせて微《かす》かに揺らめかせる。

「もう、なんでっ」

亜耶の靴下を履いた指が、もじもじと畳を擦《こす》った。

その仕草に、悪戯《いたずら》を仕掛けたつもりの恭介の欲望に火がつく。

まだ夕食までは少し時間がある。初めての新幹線に興奮していた結弦は、すぐには起きてこないだろう。

「……ダメですか？」

喘《あえ》ぐような呼吸をしている亜耶の唇にキスを落とせば、彼女はあっけなく陥落《かんらく》する。

「……少しだけ。結弦が起きてくるまで、ですよ」

目元を赤く染めて、潤《うる》んだ瞳で睨《にら》まれても、ゾクゾクと悦《よろこ》びが身のうちに溢れるだけだ。そっと座布団の上に彼女を横たわらせてワンピースのボタンを外し、下着を取り上げる。

「このところ、私の仕事が忙しくて、ご無沙汰でしたから」

そう言いながら下肢を大きく開き、いつものように淫《みだ》らなところに唇を寄せて、キスマークをつける。

完全に消える前に再び痕《あと》をつけられた。

それだけで達しそうなほど身を震わせる亜耶は、ずいぶん自分の好みに育っている。我ながら感心した。

「……恭介さん、痕《あと》をつけたら、今度は……」

彼女がそっと恭介の欲望の中心に手を伸ばす。スラックス越しに、柔らかい手で撫《な》でられるだけで期待に血が集まった。

「亜耶、そろそろ、二人目はどうですか？」

「……恭介さんの、ばかっ」

「そうしてもいいですか？　子供が出来てもいいのなら、亜耶の中に、直接注げます」

わざと丁寧に訊《たず》ねると、亜耶は真っ赤な顔をして頷《うなず》く。

せっかくなら被膜越しではなく、直接、亜耶の中を味わいたい。

恭介は自分を欲しがる亜耶がますます可愛くなり、喉を震わせて笑いながら服を脱ぎはじめた。

「あ。でも……」

亜耶が視線を布団の敷かれた部屋の奥に向ける。

「先にお風呂に入ってきてもいいですか？」

汗もかいているし、と言う彼女に、恭介は笑顔を返す。

今は結弦を寝かしつけたところだ。その横で……では落ち着かなさすぎる。

ならいっそ……

「ええ、たまには二人で一緒に入りましょう」

その言葉に亜耶は一瞬目を見張り、それから恥ずかしそうに下を向いて頷《うなず》いた。


「あっ……きょうすけ、さんっ……そんな、ダメですっ」

風呂で体を洗いながら愛撫《あいぶ》を施し、準備万端に整えてから、恭介は亜耶をバスタオルを敷いたウッドデッキに座らせた。

明るい外に向かって、足を大きく開かせる。

「……大丈夫です、そこに衝立《ついたて》がありますし、外から見えないようになっているはず、ですよ」

窓にはマジックミラー加工がされているらしく、よく見れば景色の見え方が素通しのガラスとは少し違う。だが亜耶にはそんな余裕がないようだ。

「ほ、本当に大丈夫、ですか？」

「ええ、大丈夫ですよ」

そんな彼女を後ろから抱きしめて、感じやすい芽を刺激してやると、自分の肩に頭を預けて、亜耶は震える息を吐く。

ガラス越しに燦々《さんさん》と明るい日差しが入り、深緑が眩《まぶ》しい。

普段と違うシチュエーションに、感じやすい妻はもう乱れはじめていた。

「せっかくだから、景色を見ながらしましょうか。ほら、緑が綺麗ですよ。あの時みたいに……」

季節が巡り、あの時と同じ緑豊かな季節になっている。ようやく身も心も結ばれて、幸せな時間を過ごした場所に再び戻ってきたのだ。改めて彼女と一緒にいる幸せを感じる。

「ぁあっ……ダメっ。恥ずかしいっ」

明るい日差しの中で、亜耶の白い肌が眩《まぶ》しい。たまらずうなじに吸い付き、以前よりさらに豊かになった胸の頂点を捏《こ》ね上げては、蜜塗《みつまみ》れになった指を秘裂の上で滑らせる。

「あっ、あぁっ……ダメ、そんなに一度に、あちこちっ……もっ……イクっ」

何か所も一度に責められ、それだけで堪えきれなくなった妻は、ダメと言いながらも、彼の指をもっと深く受け入れるために腰を持ち上げた。

恭介は緩んだ亜耶の中に指を入れ、わざと感じやすい部分を擦《こす》り上《あ》げる。その一瞬で、亜耶はあっけなく最初の頂点を極めた。

「ひぅっ……ぁあっ、やぁあああっ」

「ああ、もうイッちゃったんですか。本当に亜耶の体はエロくて可愛い。……今、窓の外から見たら、エッチな亜耶がイクところがよく見えてましたね」

そう声を掛けると、理性が戻ったようで、亜耶は慌ててもじもじと逃げ出そうとした。

「亜耶……もう欲しい、ですか？」

腰を抱いて、もう一度自分の膝の上に座らせると、先ほどからずっと屹立《きつりつ》しているそれを彼女の臀部《でんぶ》に押し付ける。

「欲しい、って……。恭介さんの……意地悪」

潤《うる》んだ瞳に上気した肌。

野外を思わせる中庭が見えるガラス張りの風呂というシチュエーションに加え、あの愛欲塗《まみ》れの三日間を思い出し、恭介はさらに不埒《ふらち》な思いを抱く。

「……欲しいと言わなければ、あげませんよ？」

欲しくてたまらないのは本当は自分の方だ。

だが素直な亜耶はこう答える。

「もう……恭介さんの、エッチ」

後ろを振り向いて、恭介の耳元に唇を寄せ、恥ずかしそうに囁《ささや》いた。

「欲しい、です。……中に、恭介さんを、いっぱいください」

思わずその小さな顎《あご》を捕らえ、唇を合わせる。舌を絡め散々亜耶の唇と口内を堪能《たんのう》すると、腰を上げさせて、後ろから自分を受け入れさせた。

先ほど了承を得ているから、お互いの間を妨《さまた》げるものは何もない。直接触れる亜耶の中は熱く蕩《とろ》けている。

「はぁっ……亜耶の中、気持ちいいっ」

「あはっ……恭介さん、おっきいっ」

嬉しそうに声を上げて、亜耶が体を揺らめかせる。

もし外から中を見られるのであれば、大きく開いた亜耶の足と、その中心にいきり立った恭介自身が抽送されている様子がよく見えるはずだ。

「亜耶。下を見て」

その様子を見せつけると、亜耶は視線を向けてはぁっと熱っぽい息を零《こぼ》した。

「やっ……きょうすけ、さん。なか、はいって、る」

角度的には少し浅い接合だが、その分、亜耶が好きな入り口を刺激できる。指をブイの字に開いて膨らんだ芽を可愛がりながら、ゆっくりと腰を送る。

「……ダメ、そんなこと、しちゃっ」

視線を落とした亜耶が見ている景色はどれだけイヤラシイことだろう。

「亜耶もどろどろにとけてますね。ここもぷっくりと立ってて、気持ちよさそうです」

気づけば亜耶自身が膝を床につけて、抽送《ちゅうそう》がスムーズに行われるように腰を動かしていた。揺れる腰に合わせて、たわわな胸も揺れる。

「自分で腰を振るのも上手になりましたね。……気持ちいい？」

「あっ……きょ、すけさん、きもちいい、の。もっとぉっ」

「……本当に、亜耶はエッチですね」

ぐっと腰を反らして奥まで犯すと、亜耶は言葉にならない声を上げて啼《な》き続けた。たまらずその腰を上げさせて、四《よ》つん這《ば》いにする。

「亜耶、一番奥まで欲しいですか？」

そう訊《たず》ねると、コクコクと頷《うなず》き、彼女は涙目で後ろを振り返った。耐え切れず、恭介は一気に最奥まで腰を送る。

「ひぅっ……っ……ぁあっ……んっ……」

それで達した亜耶の体が床に沈んだ。その腰を抱え上げて、今度はゆっくりと抽送《ちゅうそう》する。亜耶はぐずる子供みたいに、愉悦を訴えた。

「ぁはっ、きょ、すけさん。……きもちいっ……好き。もっとぉ……好き、大好きっ」

「亜耶はエッチが好きなのか、私が好きなのか、どっちなんですか？」

思わずその手を引いて、ぎゅっと抱きしめる。照れた亜耶が恭介の唇に、自分のそれをそっと寄せた。

「……恭介さんが、好き。でも……恭介さんとの、エッチも大好き」

「どっちも好きということですね。……亜耶はやっぱりエロすぎます」

亜耶と二人、ゆらゆらと腰を揺らめかせながら、恭介は彼女の口内と膣内を堪能《たんのう》する。緩やかな結合が心地よく、亜耶の全てが最高に気持ちいい。

「亜耶、愛してますよ」

そう囁《ささや》くと、きゅんっと中が強くしまる。とろりと眦《まなじり》を下げて、亜耶は嬉しそうに笑った。それだけで胸がぎゅっと締め付けられる。

幸せで……自身がより硬さを増した。

「あっ……きょ、すけさん、またおっきくなった……」

嬉しそうに亜耶が恭介自身の大きさを口にする。

「……亜耶は私の硬くて大きいのが好きですよね。後少しで限界まで大きくなりますから、中にいっぱい、赤ちゃんの元、注ぎましょうね」

耳元に囁《ささや》いて、ついでに甘く耳朶《じだ》を齧《かじ》る。亜耶はまたしても甘い声を上げて追い詰《つ》められた。

「……結弦に弟か、妹を産んであげてください」

そう声を掛けると、再び手を床に突き腰を高く上げさせて這わせる。姿勢が安定すると、恭介は後ろから思うさま腰を送った。

ぱちゅん、ぱちゅん、と打ち付けると、亜耶は声をあげて啼《な》く。

「はっ……ふかぃ……きょ、すけさん。また、クル、のぉ、ぁぁあっ……ぁはっ」

「……イヤラシイ亜耶は、今日は何回、達してしまうんでしょうね」

数えてみましょうか、と口にして深く楔《くさび》を打ちこむ。

亜耶は恭介の容赦ない動きに、抗議とも悦《よろこ》びともつかない声をあげて、あっという間に絶頂に至った。

＊＊＊

「おかあたん、ねんねしてるの？」

宿に着いた途端、亜耶をたっぷりと抱いてしまった。

早朝から出かける準備をしてくれていた彼女は疲れ果てたのか、息子の様子を見に行ったところで眠りこんでいる。

逆に起き出してきたのが、息子の結弦だ。

「うん、お母さんは寝てるなあ。結弦は目が覚めた？」

小さな体を抱き上げようとすると、息子は一生懸命に手を伸ばした。まだ軽い体を抱き上げる。寝起きの微《かす》かに汗ばむ小さな体が腕の中に納まり、じんわりと恭介の心を温めた。

我が子というのはなんと可愛いものなのだろうか。

十か月の間、亜耶がお腹《なか》の中で大事に育ててくれた自分の血を引く子供なのだ。可愛くないわけがないか、と思う。

（――というか、やっぱり男の子だったな）

あの日、彼女を訪ねてきた佐藤という男が言っていたように。そして亜耶が確信を持っていたように、生まれた子供は男の子だった。

（まあ、男子が生まれる確率は１／２だ。偶然だ、で片付くが……）

だが、もし本当にそうならば、本当にこの子だったのか、とたまに不思議な気持ちになる。

もちろん、今の話ではなく彼が成長したずっと先の話なんだろう……。ふと意識が非現実的な方向に進み、恭介は頭を軽く左右に振った。

「そうだ結弦、父さんと一緒に、大きな風呂に入るか？」

「はいる、おっきなおふろ、ゆづ、はいる！」

「じゃあ、先にトイレに行くか」

声を掛けて、息子をトイレに連れていく。

三歳と二か月。仕事に復帰した亜耶は、保育所に結弦を預けている。そのおかげか結弦は全体的に発育が早い方らしい。おむつももう外れていた。よく食べ、よく眠り、性格も穏やかだ。

だが今のところ不思議な能力は発現していない。

ということで、先ほど亜耶と入った部屋風呂ではなく、共同浴場に結弦を連れていった。


「おとうたん、おふろ、おっきいねえ」

家の風呂とは大きさが違うことにびっくりしている息子に、恭介は思わず笑みを浮かべた。もう少し大きくなったら、風呂で泳ぎたいとか言い出すのだろうか。

「そうだなあ。ほら、先に頭を洗うぞ」

そのまま湯船に入りたそうな結弦を捕まえて膝に座らせ、目にシャンプーが入らないようにして頭を洗ってやる。それから体を洗い、結弦が持ってきたおもちゃで遊んでいる間に自分も頭と体を洗った。

「よし、じゃあ浸《つ》かるぞ」

手を繋いでゆっくりと湯船に浸《つ》かる。

視線を向けると、衝立《ついたて》の向こうに山の尾根が見えた。深々とした緑を孕《はら》んだ涼しい風がふぅっと熱っぽい体を心地よく撫《な》でる。

「……気持ちいいなあ」

ゆっくりと手足を伸ばし、夕暮れの赤味を帯《お》びた光を顔で受けた。ざぶりとお湯を掬《すく》い、顔にかける。

「ねえ、おとうたん」

「……ん？　どうした？」

「ぼくね、おにいちゃんになるんだよ」

いきなりそう言いはじめた結弦に、恭介は首を傾《かし》げる。

「そうなのか？」

「うん。おうちに、いもうとがくるの。……お花がさくころ」

その言葉に恭介は、亜耶との久しぶりの夫婦の時間で中に直接注ぎこんだ後、交わした会話を思い出していた。


『――亜耶。今、子供ができたらいつ頃生まれるんですか？』

『そうですねえ。今からだと……』

彼女が指を追って数えていく。

『……うん。桜が咲いて、次に他の花がいろいろ咲く頃、かもしれないですよ』

『それはいい季節ですね』

『はい、みんなでお散歩したいです』

亜耶は『本当に赤ちゃんができているような気がしてきた』と言って、そっと下腹部を撫《な》でて笑っていた。

じっと結弦を見つめると、彼は遠いどこかを見ている。その目が……亜耶が見えないものを見ている時の目と一緒で、ドキリと鼓動が速まる。

「さっきね、ぼく、いもうとにあってきたんだよ。ちいさいおててを、ぎゅってしてくれたの」

そう言って、結弦は自分の人差し指を、もう一方の手のひらでぎゅっと包む。それは赤子が何かを掴む時の仕草によく似ていた。彼の話が妙にリアルに感じる。

「……そうか……」

もしかして、結弦は本当に、将来生まれる自分たちの第二子に会ってきたのかもしれない。

（いやまさか……そんなことあるわけないか……）

半信半疑。

でも、もしかすると十か月後に亜耶は可愛い女の子を腕に抱いているのかもしれない。

「……可愛かった？」

すぅっと息を呑み、ふっと吐き出す。自然と零《こぼ》れた言葉に、結弦は嬉しそうに笑った。

「うん、かわいかった。ぼく……いもうとがくるの、たのしみだなあ」

恭介を見て、にっこりと笑う瞳はもう、いつもどおりの息子だ。

（まあ……どちらでもいいか）

不思議な能力があろうとなかろうと、結弦は自分の息子で、とても可愛い。

そしてもう一人、今度は女の子が生まれるのであれば、それは恭介にとっても亜耶にとっても幸せな生活を広げる使者だ。

「……そうだな。父さんも楽しみだ。さ、そろそろ出るか」

そろそろ顔が赤くなってきた結弦を抱いて湯船から外に出す。

「そうだ、風呂出たらフルーツ牛乳、飲むか？」

温泉の定番だ。

さっき出入り口にあった自動販売機を思い出してそう訊《たず》ねると、結弦はよく分かっていないのだろうに、にこにこと笑って頷《うなず》いた。

「ゆづ、のむ！」

全部飲ませると、きっと夕食が食べきれなくなって亜耶に怒られる。だから半分ずつ飲もうと提案しながら、恭介は風呂を後にした。

＊＊＊

「おかえり～」

部屋に戻ると、亜耶は既《すで》に起きていた。浴衣《ゆかた》姿の彼女は相変わらず魅力的だ。夜、結弦が寝たらまた風呂に付き合ってほしい。そう願いながら、目を細めて亜耶を見つめる。

「おかあたん、ただいまあ」

自分より先に亜耶に駆け寄り抱き上げられた子に、ほんの少し嫉妬心《しっとしん》を感じる。

けれど、息子を抱きしめて幸せそうに笑う亜耶の表情に、ふわりと心が温かくなった。

「おかえり。結弦。恭介さん。……もうちょっとしたら夕食になりますって」

恭介は彼女の横に座って、結弦の髪を撫《な》でてやる。

「ほらやっぱり、牛乳半分こでよかっただろう？」

そう言いながら、にやりと笑いかけると、亜耶がちょっとだけ焦った表情になった。

「もしかして、結弦にお風呂上がりに何か飲ませたんですか？」

食事がとれなくなったらどうするんですか、と言いたげな顔を見て、慌てて言葉を返す。

「一口だけ。大丈夫。ほとんど私が飲みましたから」

息子の目をかすめて亜耶の額《ひたい》にキスを落とすと、彼女はそこに手をやって、顔を赤くした。

「……恭介さん、ズルいです」

額《ひたい》のキス一つでごまかされる。そんな亜耶が今日もたまらなく可愛い。

(やはり夜もたっぷり亜耶を抱きたい……せっかくなら……)

さっき明るい風呂の中でしたことを、今度は暗い中でやってもいいかもしれない。

灯りを消して窓際ですれば、窓に映る亜耶の姿が見られそうだ。

自身を根元まで受け入れて、腰を振りながら乱れる亜耶の姿を想像するだけで……

「——だから私は意外とズルい人間なんですよ。それに私の主食は亜耶ですから……」

……さっき食べただけじゃ、まだまだ、亜耶が食べ足りないんです。

結弦に聞こえないようにそっと耳元に囁《ささや》くと、彼女は真っ赤になりつつも、ぎゅっと恭介の手を握りしめたのだった。

アルファポリス
エタニティ人気の12作品
アニメ化決定!!
Eternity
エタニティ
深夜の濡恋ちゃんねる
NUREKOI
Sweet Love Story
2020年秋頃放送開始予定
TOKYO MXにて
通常版 TV放送
&
エタニティ公式サイトにて
デラックス♥版 WEB配信
詳しくはエタニティ公式サイトをご覧ください。
エタニティブックス
検索
https://eternity.alphapolis.co.jp/

この作品に対する皆様のご意見・ご感想をお待ちしております。
おハガキ・お手紙は以下の宛先にお送りください。

【宛先】
〒150-6008 東京都渋谷区恵比寿4-20-3 恵比寿ｶﾞｰﾃﾞﾝﾌﾟﾚｲｽﾀﾜｰ 8F
（株）アルファポリス　書籍感想係

メールフォームでのご意見・ご感想は右のＱＲコードから、
あるいは以下のワードで検索をかけてください。

アルファポリス　書籍の感想　検索

ご感想はこちらから

本書は、「アルファポリス」（https://www.alphapolis.co.jp/）に掲載されていたものを、改稿、加筆のうえ、書籍化したものです。

死亡《しぼう》フラグを回避《かいひ》すると、毎回《まいかい》エッチする羽目《はめ》になるのはどうしてでしょうか？

当麻咲来（とうまさくる）

2020年 8月 31日初版発行

編集－黒倉あゆ子
編集長－太田鉄平
発行者－梶本雄介
発行所－株式会社アルファポリス
〒150-6008 東京都渋谷区恵比寿4-20-3 恵比寿ｶﾞｰﾃﾞﾝﾌﾟﾚｲｽﾀﾜｰ8F
TEL 03-6277-1601（営業）03-6277-1602（編集）
URL https://www.alphapolis.co.jp/
発売元－株式会社星雲社（共同出版社・流通責任出版社）
〒112-0005 東京都文京区水道1-3-30
TEL 03-3868-3275
装丁イラスト－夜咲こん
装丁デザイン－ansyyqdesign
印刷－中央精版印刷株式会社

ISBN978-4-434-27767-2 C0093